主编 凌翔

寻找另一条河流

左左 著

天津出版传媒集团

天津人民出版社

图书在版编目 (CIP) 数据

寻找另一条河流 / 左左著 . -- 天津：天津人民出
版社，2020.12
（当代著名作家美文自选集 / 凌翔主编）
ISBN 978-7-201-16844-9

Ⅰ.①寻… Ⅱ.①左… Ⅲ.①散文集－中国－当代
Ⅳ.① I267

中国版本图书馆 CIP 数据核字（2020）第 242221 号

寻找另一条河流
XUNZHAO LING YITIAO HELIU

出　　版　天津人民出版社
出 版 人　刘　庆
地　　址　天津市和平区西康路 35 号康岳大厦
邮政编码　300051
邮购电话　（022）23332469
电子信箱　reader@tjrmcbs.com

责任编辑　岳　勇
装帧设计　陈　姝
主编邮箱　jfjb-lx2007@163.com

印　　刷　唐山楠萍印务有限公司
经　　销　新华书店
开　　本　710 毫米 ×1000 毫米　1/16
印　　张　13
字　　数　200 千字
版次印次　2020 年 12 月第 1 版　2020 年 12 月第 1 次印刷
定　　价　49.80 元

风声（自序）

　　当春风再一次吹过旷野，这里已经没有阻挡它们的房屋了，它们不用斜着身子穿过那些街巷，也不用俯下身贴着院子飞速旋转了。它们自由自在、毫无顾忌、一路狂奔，像飞瀑一般从山顶倾泻下来，跨过那些沟底的建筑，向前奔涌而出。

　　山坡上那些曾经密密麻麻、层层叠叠、挤在一起的灰色而令人绝望的石头屋被浓浓的绿色覆盖了，没有覆盖的也恢复了自然的风貌，这些石头完成了它们为矿工遮风挡雨的历史使命。曾经被垒成墙、盖成房的石头，和矿工相依为命、厮守终身的石头，见证了它的主人一生的悲喜哀乐。它们的隐忍和负重就是矿工的隐忍和负重，它们的卑微和命运就是矿工的卑微和命运。为了让那些黑色的隐藏在地层深处的亿年前的生物精灵重见天日，为了让更多的人得到温暖和光明，无数矿工把肉体和灵魂潜藏在地下，把那些修成正果的煤从母体中剥落，然后运送到地表。

　　矿工们陆续把那些石头屋推倒，能带走的都带走。树没办法带走，就只好站在它的跟前——告别，用手拍拍那树干，都老朋友了，在一起生活了多少年，习惯了，这下我们都走了，只有你孤零零地站在这里，风里雨里成长。有说不完的话。或是一个人站在院子里，看着倒塌的房屋和院墙，一脸复杂的表情，两眼茫然，什么也不说。那些狗也带走吧，但总有一些狗留下来，不知是主人不愿带它们，还是它们不走，总之胡子拉碴地跑来跑去，狼狈得很。是的，该告别了，尽管有些难舍，尤其是那些上了年纪的老矿工，一辈子住在这石头屋里，和那些石头有了相当深厚的情感，很不情愿离开。但四周已是一片废墟，水电都没有了，那些风总是不打招呼吹进他们的院子，摇着他们的窗户，喊着他们快些走吧，走吧，在这里生活了一辈子了，劈柴生火捣炭，烦不烦啊。

　　似乎是一夜之间，那些石头屋就消失了，矿工们喜迁新居，住在了新区，一水儿的新楼房，气派得很。他们开始了另一种体面的生活。我忽然觉得是多么幸福，亲眼见证了历史在我们眼前发生了变化，这绝对是历史性的变化，一个伟大的时代正在来临。那些矿工是幸福的，他们坐在宽敞明亮的新楼房里，有吃有喝有说有笑，眼里含满泪花，实实在在的好啊。我相信他们是发自内心的，因为他们的脸上是虔诚的。在那些山沟里，大大小小的煤矿有几十座，几十年了，他们生活在那里，习惯了劈柴，习惯了挑水，习惯了在那黑黑的池子里洗澡，习惯了在那些垃圾中生活，习惯了那风卷着煤尘和塑料袋刮过矿区的春天，几十年了，他们都习以为常了。他们本想就这样生活下去，直至生命的终结。可在一夜之间，连做梦都没有想到，他们会居住在这个亚洲最大的居民区。楼下是繁茂的花草树木，还有活动广场，各种健身器材应有尽有。楼顶是崭新的太阳能，太阳下闪烁着耀眼的光芒。当年的石头屋现在已变成装修一新的楼房，好几层。老年活动中心、图书室，还有数都数不过来的沿街店铺，琳琅满目的商品，来来往往的人群和车辆，医院、学校、影院……俨然一个中心城市的规模。

二〇〇九年夏季，我离开工作十三年的矿山，来到恒安新区的学校工作。恒安新区接纳了来自十几个矿的矿工们，他们的子弟也全都汇聚到这里上学。就像十几条河流在这里汇合，汇成一条更大的河流，这样的河流夹杂的情感是复杂的，所产生的冲击力是巨大的。因此需要更长的时间，甚或是更大的胸怀和博爱来消融。离开矿山的时候，我烧掉一沓厚厚的诗稿，那些写满文字的纸片在风中舞蹈，和我做着最后的告别，我想让它们和那些倒塌的石头屋一起埋葬的风中。我看到青春的面孔一闪而逝，化成灰烬的不只是岁月，还有你的青丝我的叹息。青春似红烛，渐渐消失。

在记忆里，我一直走着，在接近正午的矿山，路旁的阳光灰白而恍惚。

我曾是山上唯一的阅读者，也是最后的注定是孤独的阅读者，我读不懂春风，正如春风读不懂我一样无奈，走过的路不再是路，是岁月的荒草和杂乱的石头，难以下咽的也不是醉人的春风，而是那高高的渗入骨髓的寂寞。用文字记下一代一代矿工的生存状态，记下矿工们朴实朴素的情怀，以及他们的隐忍和负重，这是我的使命，要不我不会一个人在那荒山之中寻找那条消失了亿年之久的河流的。矿工们一代一代在这山沟里劳作，在深深的地层中行走，几十年了，岁月在更迭，时代在变换，矿工的命运也在不断变化。从黑暗走向光明是历史的必然，春风无数次刮过那片旷野，它们每一次地到来，都会有新的讯息。这些文字只是我记录的一小部分，我还将继续深入下去，以更大的视角、更广阔的胸怀，踏遍百里矿山的每一寸土地，去挖掘寻找、体悟和感受。

总有那么一天，我会再次踏上那条路，或许风景依旧，或许风依旧，可一定增添的，是一头白发和一根拐杖。或许你还会陪着我，或许我一个人寂寞地坐，天上还飘着风筝。或许我一个人泪流满面，你们都不在身旁。

而那破碎的已经过去，一个崭新的时代已经到来。

又一个春天来了。

2020 年 1 月 4 日

目　录

第一辑　旷野的忧伤

一千米

　　人生处处充满选择，就如我现在，一出门，便要选择：一条是通畅的水泥大道，另一条半是水泥半是土，往往是脚步代替了大脑的抉择。

　　钟情这条由水泥和土路组成的通往单位的路，一个很重要的原因就是那段土路可以给我带来一种亲切感，就如母亲喊我的小名一样，有一种温暖在身体里流淌。这一千米的道路中，土路占去了一半。说是土路，其实路上满是沙土和石头，我曾在一首诗中这样写道：

　　　　这条路我走了好多年
　　　　走着走着太阳就落山了
　　　　我想找个人说话
　　　　可身边除了石头还是石头
　　　　就这样我走了好多年

　　我所生活的矿区，天空的蓝色已被染成凝重的灰色，生活时间久了，也就习惯了这片灰色笼罩的天地。偶尔雨过天晴或雪后初霁，会使人心神一亮，顿觉换了天日，人们脸上荡漾着幸福的表情，走出家门，像是要去进行一场重大约会。

经过大略估计，这段水泥路面的倾角约为三十度。几年前，这里曾拍摄过一部上下集电视剧《卜宗亮》，主演是吕晓禾。一群矿工迈着矫健的步伐从斜坡上一路走来，矿灯闪烁，气势恢宏，一代矿工的精神面貌在导演的精心策划下被表现得淋漓尽致。我的父亲就在其中，作为群众演员的父亲，在深深的地层中整整干了三十五年，按他的说法：干了一辈子地下工作，没想到也能上上电视，在全国观众面前露个脸。

在我必经的路上有一个工厂，里边是干什么的，我不太清楚。门口常年拴着一条黑色的狼狗，在我经过时，那狗便盯着我，目送我拐过那个弯，隐没在一个窄巷中。印象中那狗从未冲我叫过，但我心里总有一丝隐隐的害怕，生怕它在我不注意的时候，从后边扑过来，于是便频频回头。但时间久了，我觉得它并无此意，便慢慢地不再紧张，放松下来。据说厂长是一位年过四十的下岗工人，联合另外几个下岗工人一起承包了这个濒临倒闭的小厂，经过几年的打理，现已成为当地的纳税大户，每年赢利上百万，先后安置下岗工人一百多。在工厂一旁紫红色的大理石砖面上镶嵌着几个金色大字：液力耦合器厂，居然也有"ISO9001—2000 国际认证企业"的招牌，只是有几次我经过时，发现了一点小小的变化：工厂大门装修完成后，"液力耦合器厂"先后变为"液力耦合哭厂"和"液力耦合犬厂"，都是一夜之间的事。我没想到一个"器"字竟有如此令人意外的变化，其中是否有暗中的力量在较劲，我便不得而知。拐过厂子大门，便是一户人家，门口居然也有一只狗，是宠物狗，眼睛水汪汪的，样子甚是可爱，同样，这只狗也一直注视着我，直到我消失在另一个拐角处。一个独自走路的人，背后总有一双狗的眼睛在默默地注视着你，使得寂寞也变得饶有内容。

宠物狗的主人是一位年过半百面容苍老的单身老人，几乎每天我都要遇见他，有时是上班的路上，有时是下班回来。老人的背上背着一个不到三岁的男孩，那孩子睁着乌溜溜的大眼睛看着我，我朝他微笑，甚或做一个鬼脸，逗他。每次我都离开很远了，他还在扭头看着我。老人的左手拿一个污迹斑斑的蛇皮袋，右手拿着孩子的水壶。老人没有工作，只靠捡破烂为生，他收养的唯一的儿子两年前死于矿井下一次事故中，年仅二十八岁，儿媳妇现已改嫁。他把孙子留在身边，并用一件破旧的衣服把孙子和自己紧紧地裹在一起，形影不离。我想他背在背上的不仅是他的孙子，更是一个支撑他活下去的世间。

　　就是这样一个简洁而朴素的、近乎被人忽略的爷孙俩的形象，深深地根植于我的心中，我才发现我是一个敏感脆弱的男人，是一个容易被感动和激动的男人，是一个心怀仁慈与怜悯的男人。几年前，这条路塞满了大大小小的煤车，路上的煤尘有几寸厚，几乎没有行人从这里经过。近两年，国家对地方小煤窑进行了整顿和查封，关停了不少私自开采乱挖的煤窑，再加上开通了运煤专线，这条路才得以宁静。煤尘不见了，路也重修了，行人便逐渐多了起来。

　　拐过厂子大门，再绕过几户人家，眼前便豁然一亮：前面是一片空旷地带，一条土路跃然眼前。可以看到拉矸石的黑牛车从几户人家的房屋之间穿梭而上，两根窄窄的铁轨紧紧地贴住地面，匍匐在矸石山上，必经之路被拦腰截断。只有等那些拉矸石的小火车呼啸而过后，才可以快速地迈过铁轨，走在那条满是沙石的土路上。

　　而在这两条冷漠的近乎没有情感的铁轨上，十年前却上演了一场令人伤心欲绝的惨剧：一个五岁的男孩，刚刚从职工澡堂洗完澡，顶着炎炎烈日将要独自顺着铁轨向上爬，这时拉矸石的黑牛车缓慢地开了过来，小男孩敏捷地登上两车之间的接头处，随车一起向坡顶爬去。问题是车速越来越快，而小男孩必须在半路下车，他家就在铁轨的旁边。他有点慌，刚一抬腿便一脚落空倒了下去，黑牛车呼啸而过，小男孩还没弄明白怎么回事，一只细如麻秆的胳膊和同样细细的小腿便永远留在铁轨旁，浑身鲜血的小男孩当即昏了过去。

多年以后，小男孩长大了，家里给他佩戴了假肢，他能走路了，而他的胳膊却无法佩戴假肢，只留下一个空空的袖囊。后来，他成了我的学生，几年后，他考上了一所普通高中。

我结婚后，离开了父母，离开了那片居住了十多年的矿山住宅区，每天坐班车上班，那条路就很少走了，过多的是留在脑海中关于那条路的一些零星的记忆。总之，一个人的青春、恋情、彷徨都统统地留在了那里。

可是，某个清晨的一场车祸，又把我从记忆中拉回到了现实。我急切地随人流下了班车，爬上那条路，一步一步挤进围观的人群中。我看到120急救人员和警察正往车上抬一位老人，老人的背上背着一个小男孩，地上的鲜血中夹杂着残留的脑浆，令人惨不忍睹。而那位老人的一只手紧紧地攥着一个蛇皮袋子，另一只手紧紧地抓着裹有小男孩的衣服，120人员无法取下，只好随人一起抬进车里。听说小男孩还有一口气，最后小男孩到底保住了性命没有，我便不知消息，如果保住了性命，如今他生活在哪一方天空之下，过得好吗。如果那一个灰色的早晨，就是他离开这个世间的纪念日，我不知该用怎样的文字来纪念他。

好多日子，我都无法从那个血淋淋的场景中走出来，日子依旧在悄无声息地划过，寒来暑往，路边的血迹早已被风霜所覆盖，不留踪迹。在过往的车辆人流中，谁还曾留意两个卑微的灵魂曾在这里不幸地倒下。生活在矿山的人们依然在煤尘和烟尘的笼罩下生活，新婚的妻子盼丈夫能够从井下平安归来，年迈的老人盼儿子和孙子能够从井下平安归来。天天月月，年年岁岁，盼过了冬天，迎来了春天，可总有某月某天不能回来的，一个事故，会使很多家庭遭受灭顶之灾。有的失去丈夫，妻子才刚刚怀孕，有的失去丈夫后又失去儿子，世世代代以煤为生的人们，在生生不息中感受着生死别离伤痛的侵扰。

一位满脸疲惫的母亲找到了我，她语无伦次，仿佛受到莫大的刺激。她说儿子刚参加完高考，让我帮他选个志愿，她又说丈夫刚刚下井砸断了腿，正在医院治疗，她是忙里偷闲出来为儿子请人选志愿的。她说儿子个头很高很壮，只是小的时候玩耍被火车截去了一只胳膊和一段小腿。我注视了她很久，没想到短短几年，她竟然老了十多岁，我几乎快要不认识她了。她说除去矿业类的学校，其他的都行，她不停地说着，重复的一句话就是：希望儿子将来离开这个煤矿，永远不要再回来。最后，我根据她儿子的估分，帮她在师范类和医学类中各选择了一所高校，她站起身，把我写好的纸条攥在手里，然后从裤兜里左摸右摸，摸出了皱巴巴的两张钱，塞给了我。她说，好多人都不愿意帮她，对她的儿子更是冷漠，包括他的班主任老师。说完她已泣不成声。我说什么也不能收她的钱，可她硬是把钱扔在了我家中，转身就走了。

为了还她钱，我曾四次来到她家门前，邻居们都说很久没见到她家里人了。几天后，我在路上偶然碰到她，我急切地问她儿子考了多少，她只是摇头，表情麻木。我把那天她留给我的钱如数塞进她的怀里，她好像被电了一下，钱掉在地上的一瞬间，她竟然像躲瘟疫一样逃离了我。最后我到矿医院找到了她的丈夫，他的一只腿吊得高高的，缠满了绷带。询问几句后，我把那两张皱巴巴的钱拿出来，随后又掏出一百元放在他的床头。我说，祝你早日康复，然后便转身离去，出门的瞬间，我听到背后传来嘶哑的喊声：喂，你是谁！你回来，你为什么要给我钱？喂……

其实，我的眼泪早已溢出眼眶，我只想快步离去，我不能停下，短暂的停顿都会令我窒息。

一个寒冷冬日，我忽又想起那条路，于是就有了想从那条路走过的想法。那条一千米长的路，只需一刻钟便可到达我所在的学校，然而重新走过的感觉却令我倍感沉重。

寻找另一条河流

　　我要说的还是河流，一个人和河流结下不解之缘是幸运的，也是忧伤的。

　　我出生在一条河流的旁边，然后几经辗转却仍没有离开过河流，是河流跟随了我，还是我跟随了河流，这样的问题其实都没有意义。如今我生活的矿区，在一些文字中，叫煤海，仍然和河流有着千丝万缕的联系。不过这里的河流是黑色的，它流淌的是煤的血液，甚至是矿工的血液。分开来说，现实的河流从沟底流出，河流之中，一个重要的成分是煤粉，那是从矿工身上洗下的煤尘，还有从矿井深处抽出来的井下之水，它们带着煤的温度和煤最初的形状源源不断地流出来。亿年前，这里本是一片茂密的森林，一条河流从森林中穿过，花香鸟语、蝶飞蜂舞、野兽出没，一派和谐。忽然间一场翻天覆地的变化，那些树木和河流在顷刻间被埋葬，从此河流在地面上消失，当年的生灵带着河流经过亿年的光阴，变成了今天的煤。河流依然存在，已不是当年的那一条，今天的河流之中夹带了太多复杂的感情。

无数个下午，我顺着沟底去寻找那条亿年前的河流，我想它肯定会在某个地方露出蛛丝马迹的，它不可能就此在陆地上消失。就如那些当年的生灵一样，经历亿年之后，它们的躯体以另一种形式永久地留存下来。我想我是唯一一个在荒山秃岭之中寻找一条已经消失亿年河流的人。它的灵魂肯定还在这一带徘徊，这里是它生命的故乡，它不可能丢弃自己的故乡而流浪他乡的。它曾经依赖的家园是一块水草肥沃的土地，它曾经流过无数的树木、流过无数的石头、流过无数个黄昏。既然树木已演变成煤，黄昏已流逝成风，那么它曾亲吻过的石头一定还在，一定会以某种状态存在着。即使经过火山喷发后高温岩浆的包围，那些曾经躺在水底的石头、浑圆的石头、悠闲自在的石头，甚至与河流一样欢快的石头、与河流亲密无间的石头，一定会完整地保存下来。我坚信我的判断，我想我一定会在某个黄昏找到河流的影子。

　　十几年前，我和父亲去职工澡堂洗澡，一进澡堂，便闻到一股刺鼻的味道，后来我知道那种味道里有煤的味道。一个个赤身裸体沾满煤尘的躯体从我面前经过，他们慢慢地进入水池，身体一点一点地消失，最后只剩下一颗黑色的脑袋，仅有的白色是眼球和牙齿。他们手里举着香烟，一边吸一边默默地盯着眼前蒸腾的水汽发呆。吸完后，便把头没入水中，过一会猛地抬起，像一个出水怪兽。然后把一种劣质洗头膏涂满整个脑袋，揉搓几下，又一次没入水里，水池中漂满白色的泡沫。然后是不停地掬水到头上，表情木讷，我躲在一边，不停地把那些白色泡沫推开。不一会，整个水池便黑了起来，只要我停止在水里的活动，我抬起的手臂上就会有一层厚厚的黑色污物，用手一摸，一种滑腻的感觉。

　　我就想这满池的水会不会是当年那条河流的一部分，它经过亿年的等待，隐匿在地下，和那些已经变成煤炭的树木和生灵相依为命。因了矿工，隐匿的河流重新回到地面，煤也附着在矿工身上，被带到光明的地方；因了矿工，煤又被那些水流冲刷而去，最后它们一起流走了。和亿年前相比，它们之间是发生了一些变化：那时的树木是高大挺拔俊秀的，郁郁葱葱繁茂的；河流是充满柔情清澈的，甚至是妩媚的，在森林之间自由穿梭。想想每一个早晨来临，阳光透过树枝洒满河流，斑斑驳驳的影子如记忆流淌，当轻风吹过水面，留下一波波皱褶如细细的话语缠绵。当黄昏降临，夕阳轻吻群山，薄暮轻轻将河流和森林遮掩，各种飞禽也渐渐回归，万事万物都是那么的和谐。这些只是我浸在水池之中的思绪纷飞，我眼前的景象是：当年俊秀葱茏的树木已经成为黑色的煤尘，当年清澈的河流已失去了柔情和自由。黑色的煤燃烧在世界的各个角落，当它们把自己化成轻烟和灰烬的同时，也释放了热量和温情。而河流却不能走远，完全没有了当年的自由，他们通过窄窄的下水道，带着残留的煤尘和杂物，带着矿工污浊的汗水和复杂的感情，统统流进乌黑杂乱的沟底，然后自然地蒸发或渗入地下。

河流里有父亲的体液。父亲已经退休，他的头发稀少、干燥、柔弱、发灰，像凌乱的野草被人践踏过一样，虽然有时也梳得发亮整齐，但只是生活的瞬间。那是劣质洗头膏和掺和着煤粉的水流给所有矿工留下的无法复原的痕迹，他们每天要在那乌黑的水池里洗澡，虽然现在条件改变了许多，但过去的岁月已无法更改了。衣不遮体家贫如洗的父亲十八岁选择了远走他乡，下到几百里外几百米深的矿井，从此和煤结缘。无数次死里逃生，无数次从黑暗中升起，无数次进到那乌黑的水池，无数次把那身黑黝黝的发潮的窑衣脱下又穿起。他待在地下的时间远比地上的时间多，当年走路矫健的身姿已成为回忆，现在的他除了走路特快没变外，神态已明显变老，腰老是向前倾，我真怕他一下子趴在地上不再起来。他脾气暴躁却从未打过我一下，只有小学二年级文化的他，却把全部的生命隐藏在深深的地层之中，用汗水挣取着微薄的薪水，用血水证明着生命存在的价值和意义。

我的父亲是幸运的，在井下劳作一生从未受到任何伤害。这也是我们一家感到欣慰的事情，因为有不少家庭已经残缺了，轻一点的是身体的残缺，但更多的是失去了活生生的生命，她们的丈夫或儿子或父亲永远地离开了他们。矿井下的事故是残酷的，几乎很少能够把一个人的生命留下，不管他们多年轻，在家里多重要，统统地不管。说到这里，煤是冷漠无情的。在那些被皮带传到地面，或被送进炉膛，或被烧成灰烬的煤里面，有着无数矿工的血汗。我甚至想，那燃烧的不是煤，而是无数的生命个体。

是的，冷冷的麻木的潮湿的坚硬的煤，一经燃烧便把隐藏亿年的热情一股脑儿地释放出来，把光和热还给了人间，灰烬是它们留给世界最后的痕迹。这让我们再也无法和亿年前茂密的森林联系起来了，唯一能找到的证据是，在一些煤块的断面上，可以清楚地看到一些树叶和鸟虫的痕迹，他们还保留着亿年前的样子。那些灰烬中，残留着亿年前诸多生物的死亡气息。

那时的父亲还很年轻，他把大块炭劈成一小块一小块的，用箩筐装了，再把它们一块一块垒起来，把捆好的木材放在中间。今天的木材和亿年前的木材紧紧挨在一起，它们生长在不同的年代，却要在同一时刻化为灰烬。然后是封顶，在最上面放一块尖尖的炭块，这样就垒好了一个旺火。最后是点燃，在大年夜。我们围在旺火的周围，听见噼里啪啦的声响，干柴在燃烧，先是冒出一股股浓浓的黑烟，最后是碳开始燃烧，大烟冒过，可以看到烧得通红通红的炭火。我们的脸被烤得发烫，此时整个矿区都笼罩在炭火的烟雾之中。鞭炮开始不断地响起来，无休无止，一阵响过一阵。父亲坐在自家的土炕上，开始喝酒，享用着用生命和青春换来的短暂幸福。那幸福是稍纵即逝的，就在那五十四度散装白酒里，就在那升向高空瞬间炸开的烟花里。而还有一些人永远不会有这样的时刻了，他们在另一个世界里。父亲常和我们说起他们，说他们都很年轻，有的刚刚结婚，有的还没找上对象，有几个就和他住在一个宿舍。

一个冬日的下午，五点，我爬上南山。我惊奇于我眼前的这块土地，一眼望不到边的平原却高高耸立在山顶，典型的高原地貌。有时那浓浓的黑云就从平原的最北边压过来，随之而来的是风，那风卷起黄土，一路狂奔，仿佛有千军万马正厮杀而来。那风刮过矿区的煤场，就形成了黑色的风暴，然后就在整个矿区肆虐，那白色和黑色的塑料袋以及杂物也开始加入风的行列，随着那穿过大街小巷的风四处乱撞。这样的天气多发生在春季。而现在是严冬，那风是一把把来无形去无踪的飞刀，一刀一刀划过人脸，还带着嗖嗖的声响。就像那些武林高手，一伸手，那刀便一闪而过，来者应声倒地。

我脚下这片黄土的下面是黑色的煤，离地面几百米深的地层之中，无数的矿工正不停地劳作。那割煤机的转头不停地把整块整块的煤粉碎，同时喷射着水流，像一条大蛇在吐着信子。那一排排支架是一个个裸露筋骨的汉子，他们是顶天立地的男人，是那些矿山女人们的支柱。冷风习习的巷道里，闪烁着灯光。这里更像是一片地下森林，黑色的森林，那些灯光是萤火虫，而矿工是伐木工人。有一天，我进入了那黑色的森林里面，我的四周被黑色笼罩，不，更像是被包围或围困，我有些喘不过气。那黑色的四周蕴藏着巨大的火，隐藏着亿年的光阴，还有大量生灵的呼吸，无数的眼睛正注视着我。因我们的到来，工作面暂停了几分钟，巨大的割煤机停止了工作。我看到那些巨大的支柱，在头灯的照耀下发着寒冷的光芒，它们的上面顶着几十米厚的煤层。我忽然想到父亲，我想那无数支架中的一根肯定有着父亲的体温。那条传送带上，是被粉碎的煤，它们被源源不断地送到地面。那些碎块，是亿年前无数动植物的尸体，经过亿年的埋葬，它们终于重见天日，再次来到人间，已是沧海变成桑田。阳光还是那么的热烈，可空气已不再温润，湖水已经干涸，成群的动物没了踪迹，大片的森林消失，河流改道或被群山隔断。

亿年之后，一群人走近它们，他们把生命融进了这些亿年前的精灵之中。这些人被称作"窑黑子",或曰"矿工"。亿年的孤独,不见天日,甚至苦闷和绝望,亿年的潜心修炼、打坐,终成正果。现在,每时每刻都有这些被称作"矿工"的人们和它们在一起,把它们一点一点地从母体中剥落,重新运往光明。

　　"是黑暗给了它黑色的躯体／而它却燃烧自己／把光明和温暖给了人间……"我写下这样的诗句,歌颂煤。
　　"是人们把它从黑暗运往光明／而它却时不时给人们带来灭顶之灾／让那些鲜活的肉体瞬间化为乌有……"我写下这样的诗句诅咒煤。

　　为自己活着就是为他人活着,善待自己就是善待他人。这句话对那些常年在井下工作的男人们来说,再合适不过了。让时光回到二十世纪,一九四二年的夏季,我所生活的矿区发生了历史上最黑暗的一页。在对面的那个山坳里,每天都有几十人被活活烧死,那些所谓的"矿工们"因长年累月在井下干活,患上了痢疾,在当时根本无法治愈,于是就成了传染病。一旦被发现患病,他们就会被绑住手脚,运到一个叫"炼人坑"的大坑里,浇上汽油活活烧死。大火烧了整整四天,天空中漂浮着一股股腥味,矿山顿时成了人间地狱。于大女,一位普通的民国妇女,带着儿女随丈夫来到煤矿,一年后,丈夫惨死井下,依靠十七岁的儿子背煤度日,儿子因染病,被拉到"炼人坑"活活烧死。几天后,十三岁的女儿也被活活烧死。于大女被送进了"隔离所",五岁的儿子在惊恐、疾病和饥饿中痛苦地死去。于大女的命运只是无数"矿嫂"的代表,那些烧死人的大坑就是"万人坑",这样的"万人坑"在我所在的矿区有十几个。他们就那样被一个个打死或烧死,扔到坑里,直到尸体腐烂化为泥土,尸骨变白暴晒风雨之中。许多尸体风干了,他们保留着当初的姿势：有的抱着头、有的弯着腰、有的张着大大的嘴、有的正在挣扎着往外爬，他们的表情无不显露着一个字，痛。而造成这一切罪孽的是日本鬼子。

除去已坍塌的，仍有五十一孔石头窑洞依然完好地保留着，那是二十世纪四十年代的窑洞。一个下午，我站在南山窑洞前的空地上，所有的窑洞都无一例外地张开了口，没有了门窗。当年有多少日本鬼子曾居住在此，他们对那些手无寸铁的中国矿工任意徭役，死亡的气息曾充满这些沟沟岔岔。那些窑洞不是矿工的住所，他们的住所是窑洞旁边的几间简陋的大房子，里面潮湿阴冷，两条大炕可同时容纳二百人睡觉。他们就在那阴暗的房间里生病休息，直至生命的终结。几十年后，这里又来了一批矿工，秋风依旧，却换了人间，他们成了这里的主人，在这里繁衍生息，养家糊口，过着平安祥和的日子。于是那些窑洞也成了他们的住房，可以任意出入，随着矿工的增多，在那些窑洞的旁边陆续盖了不少土坯房，那是新中国矿工们的家。

二〇〇八年的春天，那些土坯房被铲平了，曾经低矮的矿工居民区，一夜之间消失了，他们住进了恒安新区的新楼房。站在夕阳下，雪已消融，土地湿润，到处显露着生机。想想一百年前，这里本无人居住，原始的山脉，自然的风已吹送了多少个世纪，所有的一切都是自生自灭，草青了又黄，花落了又开。是因了煤，就有了人，因了人，就有了过多的悲欢离合。如今的南山，又恢复了它的原貌，但五十一孔窑洞却被留了下来。那是一段凝固的历史，是一道留在大地上的伤疤。

在我每天上班的路上，有一处小房子，里面不断传来阵阵鼓乐声。我进去，看到一些乐器：电子琴、唢呐、二胡、笛子、架子鼓……他们演奏流行歌曲《不要在寂寞的时候说爱我》，也演奏晋剧《打金枝》。吹唢呐的是一位刚刚退休的老工人，两个拉二胡的已退休多年。他们头发花白，忘我陶醉，眼睛微闭，头摇晃着。地上的炉火正旺，我坐在他们中间倾听。心潮澎湃，如在梦中，仿佛坐在隔世的茶座，享受着来自远古的声音。房间不大，是个修理自行车的店，他们上午修车，下午演奏。那个年轻人刚刚出井，头发还湿湿的。进来后，他就坐在电子琴的旁边，开始加入演奏，他是这个队伍中最年轻的一个。我想他们此时此刻是最幸福、最快乐的人。

我想到父亲的笛声，在我小的时候，他的笛声经常响在我的梦中，我常常被那笛声吸引，哀婉却悠扬、怀旧而热烈，特别是从高音滑落的一瞬，我几乎要哭出声来。后来，那笛声消失了，那个缠满黑色胶布的竹笛不见了。我听见的是他的口哨声，他出井回家，边干活边吹着嘹亮的口哨，同样婉转哀伤。他宿舍的年轻人在一个很冷的冬季走了。那个时候，父亲一下班，年轻人就要父亲吹笛子，也许年轻人是唯一一个能听懂父亲笛声的人。父亲把这样的吹奏叫"哨梅"。在那个远离各自家乡的大山里，一根竹管消遣着两个人的忧愁。他们是伯牙和子期的矿工版。年轻人走了，父亲的笛声没了知音。他把竹笛烧了。

去年一天，父亲喝多了酒，深夜十二点，他浑身发抖，手脚发凉，肚子疼得厉害。我打车带他去医院，经查，是急性阑尾炎，住院做了手术。我陪了他几个晚上，那是我们单独在一起最长的时间。小的时候，他在外地工作远离我们，后来我也离开家乡四处求学，然后是我结婚搬离矿山。这是一个难得的机会，我们的话语很少。他总是问我饿不饿，说柜里有吃的，或是让我早点儿休息，明天还要上班呢，他还说我的头发该理一理了。我给他擦脸，他的脸清瘦，满脸的皱褶。我给他搓背，他的背和肩瘦成一张老皮了，我给他洗手，他的手粗糙，满是裂开的口子，划疼了我好几次。我擦着揉着，眼泪怎么也止不住。我所触摸的这个躯体，有一天也将会离开，化为泥土。这条奔波了一生的河流也必将在地面上消失，就像那许许多多消失的河流一样，总有一些东西是要留下的。留下的将成为永久的纪念。

我找到了河流的痕迹。在那条狭窄的沟的两边，分别有一个断层，那个断层被山体压着，厚度有五十米的样子，断层里充满了圆圆的鹅卵石，那是当年的河床，是河流曾经亲吻大地的痕迹。经过地形剧烈的变化，河流被拦腰截断，中间出现了这条深深的沟。那是条亿年前的河流，它永远地埋葬在我脚下的土地里了。

时光之殇

1

这条进山的路，已变得落寞和萧条了。

路边的荒草枯了一年又一年，冰雪化了一季又一季。路上的沙石已寂寞了很久，静静地躺在阳光下，怀念着曾经碾过它们身上的自行车轮子，还有踩过它们头顶行色匆匆的布鞋，当然还有那些飘荡在山谷间的年轻人的欢声笑语。

顺着沟底一路前行，走过大约一千米，映入眼帘是一排排深灰色的砖房，高低有序，错落有致，像布达拉宫，后面是连绵起伏的大山和湛蓝深邃的天空。这里是一座煤矿，老远就能听见井下机器的轰鸣声。那些二十岁左右的年轻人就是这座煤矿的矿工，他们的家在农村，最远的有几十里。那时候他们回家都是步行，要是谁骑辆自行车那就好比现在开上宝马一样令人羡慕。

修路的人都老了，或许有的已不在人世。二十世纪六十年代末，这个寂寞的山沟迎来了一群人，他们就是那些二十来岁，来自不同乡村的年轻人，每个公社编成一个组。他们的任务就是从沟口修一条通往沟里的土路，以便开发沟里新发现的矿井。其实在修路的同时，还有一群人在沟里盖房，那一排排的砖房，是矿工们的单身宿舍。另一些人在打井，选好一面斜坡，大型机器没日没夜地工作着。本来寂寞的山沟变得热闹非凡，那些草木开始脱离山体，被挪到另一个地方生长或枯死，那些石头被一块块撬开，铺成路基和房屋的地基。路一段一段向山沟里延伸，煤矿还没有投产，被招来的矿工只好先修路、盖房。这些年轻人多数还没有结婚，因家里穷，来这里混口饭吃，至于当一名煤矿工人预示着什么，他们还没有思考过。

那年冬天，他们没有回家，就住在路旁的帐篷里。帐篷是用草席做的，木棍做支架，一片一片的草席包裹着，风雪之夜是如何度过的，没有人知道。其实他们根本就不想回家，对于他们中的大多数人来说，回家预示着饿肚子，这里好赖每顿能吃上一个玉米面窝头和半碗带汤的菠菜。春天来到的时候，有矿工陆陆续续住进那些盖好的砖房，第一批矿工开始下井作业，从此寒冷的冬天有了炭烧，外边虽冰天雪地，房里和帐篷里却热火朝天。新开采出来的煤放进炉膛里，火苗霍地窜出来，像是浇了汽油，房间立刻变得异常温暖。

父亲的矿工生涯就此开始。他每天工作的路线是从矿工宿舍出来，然后到井口灯房去领矿灯，换穿那身新发的，在他们看来感觉十分新鲜的工作服。他们中大多数人好多年都没有新衣服穿，满身是补丁摞补丁，父亲的裤子打着补丁，但臀部还是露着一个窟窿。穿上崭新的工作服，戴着乌黑发亮的矿灯，他们聚在一起，显得蛮精神的。他们蹲坐在黑牛车里，围在一起。几声电铃响过，那缆绳便开始把那些连在一起的黑牛车慢慢放入斜井中，轰隆隆的声响从井口传出来，犹如地震一般。

他们每个星期回一次家，往往是顺路的或同村的组合在一起。从那条修好的土路走出去，走到沟口，便看到一个大大的水库。水库的四周开满了桃花，远远望去一片一片，像落在山间的彩云。春天来了，但山里还感觉很冷，背阴处的雪还没有完全融化。他们绕过那个水库，爬上一座山梁，翻下去就到了一个村庄。他们翻过的山叫翠屏山，恒山主峰之一，翠屏山的悬崖绝壁上建有闻名遐迩的悬空寺，但他们没有机会也没有时间去观赏，只能远远地看到绝壁上寺庙的轮廓。翻下山到达的这个村庄叫李峪，这可不是一个普通的小山村。二十世纪二十年代，一个李峪普通农民在田地里干活无意挖掘出了一些"宝贝"，当村里人得知后，便纷拥而至，大家争相抢夺。这就是后来闻名中外的"李峪青铜器"，由于都是春秋时期的青铜器，因此价值连城，被各路人士收购出售，有一些已经流落到国外。

　　李峪是父亲回家的必经之路，但他们并不知道李峪青铜器的那些故事，也不知道青铜器是什么，只是听说这个村子里发现过宝贝。他们感兴趣的是路过的那片果园，每到春天杏花梨花开始泛滥，路边也有了绿绿的痕迹，一切都有了暖意。过了这片果园，回家的路也就顺畅多了，那条沿着山脚蜿蜒的小路一直把他们送回各自的村庄。父亲的脸上露着灿烂的笑容，他刚刚转为正式工，每个月工资又提高了十元。春天的生机消除了他长途跋涉的疲惫，更重要的是他心里有一个秘密，刚刚和一个小他七岁的女子见了面，这次回来要下聘礼，然后定一个好日子领回来。聘礼为五百元，是他将近一年的工资。那时川下的女子有不少嫁到了山上，就因为山里人家能吃饱，如果父亲不是成为一名煤矿工人，那时的他可能无法娶到老婆。再有就是两家都是贫农，门当户对，那个时候，家里一旦被冠以地主富农的帽子，是男的就无人敢嫁，是女的也无人敢娶。父亲娶母亲的那天，是村里两个有声望有头脸的人骑着自行车接回来的。说是骑，其实是推，一路推到母亲的村里，然后又一路推回来。母亲的村子在山脚下的黄土坡上，风吹过，那黄土盖天蔽日，一路卷来，路过的人瞬间变成土人，等到达家里时，满身满脸都沾满厚厚的土层。家人扫去母亲新衣新鞋上的黄土，端来脸盆，给她洗脸洗手，然后是举行仪式，站在中间挂有毛主席画像两边插着红旗的墙下，他们拜天拜地拜父母。

几个月后，父亲领着怀有身孕的母亲来到恒山主峰下的这个小煤矿，开始了他们新的生活。

2

再次踏上这块土地，已是三十五年之后。

季节正值盛夏，山上热气腾腾，就在昨天这里刚刚下过一场大雨。时近正午，阳光炙烤的大地有些闷热，那些矿工居住过的砖房已经破败，在雨水的浸润下显现出黑青色。房子四周的路已经被杂草淹没，当年砖砌的台阶已磨的没有了棱角，每一扇矿工曾经推开的门，都歪歪斜斜地依在门框里，裂开道道口子，任凭风雨穿过。院子里密密麻麻长满杂草，我站在当年曾居住过的那间门前，恍惚的阳光蒸腾着热气不断地袭击着我的嗅觉，感觉比恍惚的阳光还要显得不真实。记忆也只是模糊一片，已记不清童年的影像，轻轻地推一推那落满灰尘的木门，仿佛听到它疼痛的回音，那门已经不起推敲，任何一点外力都将会使它筋骨折断。

一只小狗朝我狂吠，身后是一位年轻女子，她从一扇门里出来，然后上锁。我所走过的几排都已空无一人，废弃多年，这一排却住着一位年轻女子。在到处是破败的荒芜中，居然有一只活蹦乱跳的小狗和一个穿着红色上衣的女子，我用力掐了掐自己的手指，以证明这不是幻觉。经过问话，得知她从城里回来看望父亲。在这个废弃矿井的上面有一个小村庄，叫果子园，由于矿井开发，村里唯一的泉水已近干枯，村里的人几乎都搬进了城里，她的父亲年事已高，不愿住进城里，便一个人住在这废弃的矿工宿舍里。每年她都要回来一次，带孩子住上一段时间，父亲每天都上山去采药，她和孩子看门。顺着那些磨得圆润的台阶往上走去，两边是高过头顶的杂草，开着各色各样的花，四周的寂静依然是令人恍惚，就如走在荒弃的墓地，总是幻想有一张女人的脸从杂草丛中探出来。而那只小狗此时又冲在我的前面，一顿乱叫，身后的红衣女子紧随其后，默不作声。死寂的空气，一间间空洞洞挂满蛛网的门窗，正午的阳光和雨后腐败的气味，不真实的幻觉附着在我的身体，仿佛在另一个世界里。那女子紧跟着我，使我想起传说中的狐仙，我问她要去哪里，她说家里憋得慌，到附近去走走。她问我来这里做什么。六岁前曾在这里生活过，我说。你父亲在这里当过工人？她问我。我点了点头。

废弃的井口已被石头封死，周围长满杂草。井口通向沟对面梁上的铁路桥已经坍塌。当年有二百多煤矿工人从这个井口进出，拉煤的火车从黑黑的井口呼啸而出，直奔对面的山梁上，然后停在一个可以翻转的轮子上，把煤倒在下面。五岁的我，经常站在那个井口等父亲上来，一次我看到他坐着那些黑黑的小火车从黑黑的洞口钻出来，然后黑着脸从车上走下来。我其实并没有认出他，是他对我的责骂让我认出了他。从那以后，我听见洞口有轰隆隆的声音，就赶紧离开，有时我站在铁路中间，向黑黑的洞里观望，刚刚闻到一股股呛人的胶皮味，就被一个黑着脸戴着黑黑的安全帽的人抱离。他嘴里同样是一些责骂的话语，还吓唬我，做出一个要往那个深深的沟里扔的动作。有时候，我刚要过去，就看到一群黑衣黑帽黑脸的人，从黑车上下来，我扭头便跑，其实父亲根本不在那里。

那些被埋藏了亿年的煤，就是从这个洞口被送出来的，陪同它们出来的还有那些血肉之躯，其中包括父亲一个。这样说来我要感激这个洞口，虽然它辉煌不再，被石头死死封存；虽然那荒草爬满了它的四周；虽然它老态龙钟一片死寂，但我却觉得它是那样的伟大，就像父亲的身躯。一个人站在洞口前，就像站在一块墓碑前那样的肃穆，甚至不敢大声呼吸。曾有多少年轻人离开家乡来到这里，用生命和尊严换取着微薄的薪酬，养活着另外一些生命个体。我不能哭出声来，我怕惊醒那些沉睡的亡灵，我双腿跪下，向郁郁葱葱的大山致敬，向逝去的岁月致敬，向逝去的和健在的父辈们致敬。

从废弃的矿井出发，爬上那面山坡，喘着粗气，绕过几个弯，终于看到村口几间倒塌的房屋。站在那堆繁茂的荒草中眺望，山坳里的村庄还静静地躺在那里，亲切的令人心痛，让人泪眼迷离。三十多年了，它在我的记忆里始终是一个轮廓，模糊地存在于脑海中，六岁之前我曾在这里断断续续生活。眼前的村庄没有记忆中的高大，被密密麻麻的杂草包围着，荒芜了许多，显得低矮而破败。是的，三十多年前我以一个儿童的视角观望着村庄那些高大的房屋和石头墙，那些门楼，那些墙壁，在我眼里都是高不可攀的；那些道路，那些台阶，在我眼里是宽阔而漫长的；那些杂草，那些树木，在我眼里都是俊秀的。那时的村民们世世代代生活在这个山坳里，和山脚下的煤矿隔河相望。在那条通向村庄的山路上，有一群人穿梭在其中，他们穿着黢黑而潮湿的衣服，黑着脸，顶着矿灯。他们就是山脚下那座煤矿的矿工，矿工宿舍紧张，他们就在村子里租房，举家生活在那里。

我忍住内心莫名的悲伤，穿过那些破败的房子和高过我头顶的杂草，但那空洞洞的房屋和残墙断壁告诉我，村庄已陷入巨大的荒芜之中，那些杂草正把村庄慢慢吞噬。山顶的乌云朝我压过来，我的脚步窸窸窣窣，打乱了村庄死寂的空气。父亲当年租住的房屋在村庄的最东边，小院有三户人家，我们在最东边的一间，再往东是一间炭房。小院的前面是悬崖，悬崖上长着一些灌木和几棵柳树，悬崖下面是一条河流和一条通往山里的小路。父亲每天从矿井回来，蹚过那条河流，然后爬上山来，回到小屋，脸上沾满黑黑的灰尘。他一件一件脱下黑色而潮湿的衣服，里面露出红色的秋衣和秋裤，然后母亲把那潮湿的衣服翻开，晾晒在窗台上或展开铺在烧的热热的炕头上。接着父亲要洗澡，先在一个脸盆里洗头，那黑黑的煤粉立刻把一盆清水侵染成黑色，脸瞬间白净起来。擦干脸，他又把一个大红盆放在地上，把母亲烧好的热水倒入，再添一些凉水，手试探着水温。然后两脚伸入盆里，慢慢地坐下来，用手一下一下往身上浇水，一边浇一边闭着眼睛，很享受的样子。

五岁的我在一旁看着他赤裸的身体，对他身体的某些部位总是表现出好奇的样子。父亲对我很严肃，因此我便不敢出声，静静地坐在炕上看他洗完后站起来，擦干净身子，然后穿好母亲从那个小红柜里拿出的干净秋裤，秋裤依然是红色的。穿好后，他便坐在炕沿边上，望着烧的红彤彤的炉子，不停地抽烟。抽够了，母亲便把锅里的热饭端上来，还有一瓶二锅头。父亲一个人吃饭，我在一边听到他嘴里不停地发出啧啧的声响。我等不及他吃完，便倒头睡着了。睡意蒙眬中，感觉有人给我身上盖了一件衣服。

当年的路已淹没在草丛之中无从辨认，路过的房屋都已倒塌，每个院子都落满荒草，偶尔也会遇见一席油菜花，开的烂漫，蜂蝶飞舞。胳膊粗的山泉已细如手指，但依然沁人心脾，哗哗地流淌着，消失在沟底的灌木中。越过油菜花，是一间塌了屋顶的房子，墙皮被风雨侵蚀的丝丝缕缕，用手一摸便碎成粉末，地上的黄土堆积成一座小山，爬满了狗舌头叶子。

穿过密密麻麻的杂草丛，我站在当年的院子里。

平整的院子长满高过膝盖的杂草，悬崖边的那棵柳树还在，显得老了许多，弯着的身子几乎要栽倒。沟底已经听不到水流的声音，东边的山峰还是那么的冷峻，露着白花花的石头。当年的房子已倒塌，从留下的矮墙可以看出当年房子的轮廓。我曾居住的那一间，还可以看到当年土炕的痕迹，土炕上堆满沙土，沙土上面长满杂草，开着各色各样的小花，还有那些狗舌头。

我叫那些长相如长长的舌头一样的草叫狗舌头，这些狗舌头一直在我的记忆里疯长，密密麻麻一片一片肆无忌惮。想起它们就想起走过的那些故乡，想起那些废弃的家园，想起童年的巴山虎和黄土坡，想起院子里埋下的半截磨盘和碌碡，想起七岁时种下一颗大豆，想起九岁时后院的一场大火。还想起清晨被宰杀的一只绵羊，它咩咩地叫了两声和我告别，想起被毒死又复活的家狗，它满身泥水狼狈不堪卧在屋檐下。

狗舌头卑微但生性顽强，它爬满我曾生活过的小屋，一簇簇一团团拥挤着，在我睡过的土炕和迈过的门槛，到处都有它们的身影。它们长势良好丰茂无比，就像我童年的伙伴不离不弃，阳光下朝我露着灿烂的笑脸。

3

回头眺望整个村庄，村庄已陷入荒草的包围之中，那些房屋和道路，那些树木和石头，正一点一点地被荒草埋葬。萧条无比的村庄，居然还有一户人家，就在我居住过小屋的上方，有三间砖砌的新房，一位老者坐在门口，旁边还有两个小孩。

我上去，见到那位老者。我问他年龄，他说七十六。我问他为什么不搬走，他说留在这里照看庄稼。他用手指了指上面，说村民们都搬走了，留下了这么多地没人种，荒废了可惜。他问我来这里干吗，我说来看看我家的房子。你家的房子？他有些惊讶。我说是的，用手指了指下面那个只有房子轮廓的痕迹，六岁之前我就在下面最东面的那间住过。我告诉他我父亲的名字，他点点头说，记得，记得，那时候你才这么小，他指了一下身旁的那个小男孩。我问他还有没有别人了。他说有，还有一家人没搬走。为什么，我问。一家傻子，他说，搬哪都没人要。我问他这两个孩子的情况。他说是外孙，他女儿每年在孩子放暑假都会把孩子送来，等开学来接。你会拍照吗？我问那个胖一点的女孩，她点点头，拿过我的手机。我站定，摆了个姿势，她连拍三张。我问她几年级，她说小学刚毕业。你父亲是做什么工作的。下井的。在哪里下井。在我们矿上。哪个矿。四台矿。没等说完，她的弟弟要拉她去玩。

　　在和老人的聊天中，得知他老伴已离开多年，就埋在后面的山梁上，同样埋在那里的还有他的儿子。儿子也曾是沟底那座煤矿的采煤工，儿子走的时候才二十三岁，还没结婚。我知道他不舍离开这里的原因了。他说自己也老了，终有一天会和他们在一起的，他们将一起守望这个破败的村庄。说着他拿起手边的锣，当当当地敲起来。看我有些诧异，他说是要吓唬那些偷吃庄稼的鸟和鼠类。头顶的乌云一片一片压过来，遮住了阳光，起风了，刮乱了横七竖八的杂草。我忽然有了一种想要逃离的感觉，于是起身快速走在那条爬满杂草和灌木的回路上。

　　忽地一个人影从我面前闪出，差点撞上。我瞪大眼睛，发现是个女的，她咧开塞满杂草的嘴，朝我笑，头上还戴着几朵野花。我着实是被吓得不轻，心咚咚地乱跳。脚下踩到一块石头，差点摔倒，我用手揪住身旁的灌木，慢慢地缓过神来，但呼吸仍旧急促。我想这就是那位老人说的傻子吧，虽然脸灰蒙蒙的，但看样子年龄和我差不多。我记得小时候的玩伴里也有一个傻子，一次玩耍中，我的脸被那个傻子用锯条拉了一道血印，直到今天还留有一道印痕。刚刚出井的父亲要去她家理论，但想想一家都是傻子，就此作罢。不知道眼前的这个是不是当年的那个，我也来不及多想，赶紧从她身旁快速穿过，绕过那一道高高的石头墙，转过几个弯，来到村口。我气喘吁吁地回望，那个傻子还立在原地，朝我张望。我扭头离开的瞬间，背后又传来一阵当当当的声音，我脚踏着那锣音一路小跑，头也没回，一直跑到那个废弃的井口停下来。我喘着粗气，坐在井口的石头上休息，那边就是翠屏峰和天峰岭，恒山的主峰，那两棵迎客松清晰可见。我这才想到，自己的童年一直在恒山主峰的一侧居住，离神灵如此之近，想那一股清澈的泉水也必定和恒山主峰的泉水相连通。但是矿井的开发，使处在半山之中的村庄已有些沉陷，泉水正一年一年变细，终将枯竭。到时候那家傻子将如何生存，与其搬迁到其他地方受别人的歧视，还不如待在这山野之地享受自由自在，和村庄共存亡。

我几次想让父亲详细叙述一下那些矿工失去生命的细节，但他几次都是摇头，随后就是一声叹息，便不再说话。父亲的叹息，让我感到自己有一种罪恶感，其实我是想把他们失去生命的瞬间用文字留有痕迹，以此来纪念他们。但这些文字在父亲眼里是不忍卒读，他最大的愿望是让那些令人悲伤的画面和文字永远再不要出现。沟底的河流已经干涸，想当年，在这条河里，每到冬天都会结一层厚厚的冰，我会和童年的玩伴钻到那些巨大的冰窟窿里，听冰下哗哗的流水。到最后总是弄湿了裤腿，站在寒冷的冰河里发抖，当父亲路过的时候，他就把我用那双黑黑的大手托起，放在肩膀上。

一路的落寞和衰败，一路的寂寥和恍惚，也许此时我会踩到三十年前父亲的某一串脚印；也许此时我的呼吸会和三十年前父亲某一次呼吸重合；也许我的身影会重叠到三十年前父亲的身影。那时的父亲和现在的我一样年轻，他的步伐一定很矫健，最后他决定带着我们离开这个小煤矿，到几百里之外的另一个更大的煤矿去生活，去过美好的日子。我想他离开这里的时候，一定是豪情满怀的，一定是踌躇满志的，也一定是难舍难分的。最后他只身一人走了，他说先去那个大煤矿去探探底，等安顿好就回来接我们。他走的路，也是后来我走的路，我无法想象他离开我们独自一人翻越大山到达异乡时的感受。但是多年之后，当我也独自一人离开母亲去异地求学，在翻越那座大山时，我的心已经空了，我理解一个男人为了寻求美好生活不得不离开家园时的内心是怎样一种复杂，既有决绝，又有惶恐。父亲到了另一个被世人称作煤海的地方，方圆百里到处是煤矿，每一座都比他原来的要大好多倍。我和母亲回到了我出生时的村庄，我骑着父亲留给我的飞鸽自行车开始走出村庄，到十六里外的另一个村庄去上重点初中。以前父亲曾用那辆飞鸽车带着我在村庄和煤矿之间来回奔波，我有时坐在前边，他俯下身子，静静地贴着我的后背，把我牢牢地压住，我只听见耳边呼呼的风声。特别是钻进那个千米长的山洞时，我的眼前顿时一片黑暗，我真怕那车一不留神撞向两边的洞壁。在轰隆隆的车流声中，父亲说不要怕，你看前面那个亮点，那就是洞口，那里有光。最后"驾驶"那辆自行车的人变成了我，我一个人骑车走在那些纵横交错的田间小路上，路过一个又一个村庄，四周是茫茫的黄土，每次都觉得路途漫漫，望不到尽头，但似乎看到前面有一个亮点，遂增添了信心。那时我还不能骑在座上，两腿在车梁上左右摆动，每次骑车到学校后，两腿间都疼好多天。

废弃的矿山在正午的热浪下正在腐烂，腐败的气息到处弥漫，每一块砖、每一片瓦、每一堵墙壁、每一间房屋都散发着股股霉味。我对那条朝我大声狂吠的狗说我曾在这里居住，就住在那间房子里，看到了吗，那狗便慢慢停止了叫声。我又对那些疯长的草说那时还没有你们，我光着屁股在这里玩耍的时候，你们的种子还不知道在哪里生根发芽，那草默不作声摇了摇身子。我转过身，对身旁的花说你们开的真香，掩盖了那腐烂的味道，那花便笑得更加灿烂。我对那扇门说回来看看你，三十多年了你还好吗？门靠在那里不能动弹，像一个半身不遂的老人。我对那个院子说还认得我吗？杂草丛生的院子似乎没听清，伸手捋了捋杂乱的胡须，略有所思地看着我发呆。

我问那间倒塌的房子，可记否我曾在这里居住？那房子残破不堪，露着白花花的石头，我说我马上要离开这里了，那房子似乎发出一声微弱的叹息，问我下次什么时候回来。

我说，再过四十年，如果我还活着。

石头屋

1. 视角

是的，曾经多少年，这些石头或深深地埋在这片荒芜的山体下，或裸露在荒草中，自然的风吹过千年万年，掠过他们坚硬而冰冷的躯体。它们原以为就这样被风一年一年吹拂，直至风化成粉末，飘洒在荒凉的山坡上。可不知是哪一年，它们的身旁来了一群人，把它们从杂草中搬起来，从深深的山体中刨出来，用斧头砍去多余的棱角，然后垒成墙，盖成了房。最后，这些人就成了这荒芜山体的主人，他们是煤矿工人，就住在这些石头屋里，开始了养家糊口，生儿育女的生活。不知是因为他们成了煤矿工人，这些山就成了矿山，还是因为这里成了矿山，他们就成了煤矿工人。但不论如何，这些石头屋就此成为印在矿山面额上的胎记，为那些矿工们的血肉之躯遮风避雨。

荒芜的山体从此有了生机，一块块坚硬的零散的石头被一双双手有规则地垒起来，它们从此靠在一起，挤在一起，为了同一个使命坚强地立在那里。然后被抹上泥、涂上粉，密封起来，从此和这家人生死相依，一起经历风霜雪雨。还有一些石头被垒成院墙，一层一层，把院子包围的结结实实，像碉堡一样誓死保卫着院子里的主人。凸凹不平的石头，长年裸露着，被煤尘染成了和煤渣混合水泥涂抹的屋顶一样的灰黑色。这样的颜色和那光秃秃的山体一样，让人绝望，让人从心底里厌恶。灰黑色的、密密麻麻的石头屋爬满整个山坡，从沟底望去，层层叠叠，你推我挤，从山脚一直延伸到山腰。它们随心所欲地顽强地占领着一切有利的地形，沟沟岔岔、崖崖畔畔，都有它们的身影，它们是丑陋的、卑微的，坚硬丑陋的外表下，一副破罐子破摔的模样。石头屋的前面是几排楼房，占据着一块平缓的地势，它们穿戴整齐、横竖有序、窗明几净、气势高傲，把身后的石头屋狠狠地踩在脚下，石头屋在它们眼里就是生活的排泄物和垃圾场，就如一块良好的皮肤长满了病变的癌细胞。

站在南山上观望，映入眼帘的是石头屋灰亮色的屋顶，一排排、一片片的屋顶，如一块块晾晒在山坡上的手帕，陈旧颓废，没有新意。但这却是它们最为体面的角度，没有了凌乱的感觉，一下子有了规则，有了整齐的步伐，朝着一个方向，簇拥着，肩并肩、手挽手，齐心协力扭在一起，如一股山洪积蓄了巨大的能量，肆无忌惮地向那些西装革履的楼房冲去，一副同归于尽的架势。而这样的画面现在已不复存在，矿工们已搬离了这一片石头屋，迁到十几里外的平原地带，住上了一水儿的新楼房。石头屋完成了它的使命，这些曾经为无数的矿工和家属遮风挡雨的石头，被推倒后埋入废墟。从曾经的令人作呕、灰旧而卑微，到如今的焕然一新、气派而明亮，历史往往就在一瞬间成了现实，矿工走了，石头屋倒了，石头永久地留在山坡上。其实石头本就在山坡上，陪伴它们一生的是吹过山野的风，从未想过能为一些血肉之躯遮风挡雨，更未想到能给一些人带来温暖，和他们厮守到老。再一次登上南山，看到的却是这样的景象：那倒塌的石头屋露出白花花的墙，一排排白色的墙和杂乱的石头以及灰色的山坡形成了鲜明的对比，像一排排墓碑立在日渐荒芜的山坡上，场面万分悲壮。矿工过去的岁月被深深地埋葬在那里，所有的离合、悲欢，哀乐和喜怒都在那一片废墟下化为尘土。但这也是一次重生，他们把过去埋葬在那里，走下山坡，走出山沟，去另一个地方过美好的日子，也许真正的生活才刚刚起步。

就在那面向阳的山坡上，父亲曾拥有一处属于自己的石头屋小院。小院有正房两间，下房一间，一间南房储藏着木材和杂物，大门口还有一个炭房，堆满了炭块。院子的中间有一个花坛，每年春天父亲都会在那里埋下一些种子栽下一些幼苗，花坛里有西红柿、黄瓜、香菜、小白菜、玉米、豆角，还有芍药和指甲花，有一年还种了几颗罂粟花。春末夏初，西红柿三五成群绿绿地吊在那里，还没有一丝脸红的迹象；黄瓜毛茸茸的挂上了，黄色的花开在一端，像少女一样羞涩和矜持，不敢张扬；香菜也冒出了头，绿绿的叶子把那灰色的地遮得严严实实；那边的芍药和指甲花也开了，这边的白菜也可以吃了，寂寞了一个冬季的花坛终于又恢复了它的灿烂。一个夏天甚至秋天的菜就不用买了，拔掉白菜后再种上豆角，豆角慢慢地长高，爬满那面灰色的石头墙，灰色的石头渐渐爬满绿色，最后被绿色完全吞没。各家各户的院子里都有一个花坛，站在沟底的公路向上望，在那灰色的令人讨厌甚至作呕的山坡之上，时不时地有一些绿色的植物和各色各样的花朵冒出头来，给心底的绝望增添一丝慰藉。在外人看来，这些住在山坡上石头屋里的人家是神秘的，他们怎么就住在那里，真怕那些石头一松动就坍塌下来，砸着自己。煤车长年路过而留下遮天蔽日的煤尘慢慢地浸染了那些石头，渗入到每一块石头的肌肤里，每当春风吹过，这里不是生机勃勃，而是风吹起地上的煤尘夹裹着那些白色和黑色的垃圾袋卷过石头屋，使本来就丑陋的石头屋变成了一个巨大的垃圾场。

石头屋的四周布满垃圾，道路上和角落处随处堆积着矿工和家属们的生活垃圾。矿工和家属们一年四季就和这些垃圾结伴而生，垃圾日日生、月月生、年年生，越积越高，越堆越大，但几十年过去了，石头屋并没有被垃圾侵占或掩埋。那些垃圾堆到一定程度就不再长了，怎么能高过主人的房屋，它们有些不好意思了。其实并不是它们不愿长高长大，它们斗不过那风雨，风不停地把上面的垃圾吹走，雨也趁势把能冲走的垃圾带走，使得垃圾高了又矮下来，多了又少下来。也有人家索性就在垃圾堆里平整出一块地来，种上玉米和向日葵，倒也长得非常旺。父亲就在门前的一块垃圾低洼处整了一块地，靠近墙根处种上豆角和南瓜，那豆角和南瓜最后都爬上了石头墙，一串一串的绿色豆角和橘黄色的灯笼一样的南瓜挂满整个石头墙，它们的枝叶登临屋顶，给那些灰色的石头增添了生机。

绕过垃圾堆，随手推开一户人家的小院，里面却是整洁的。院子里铺着青砖，有的抹着一层水泥，窗台上摆满各色各样的花，开得正艳，院子大一点的中间辟出一块地，种着蔬菜和花草。宠物狗站在家门口冲着你叫，看主人从屋子里出来，它便叫得更凶了，主人趁势喊它几声，那狗便绕着主人的腿摇起了尾巴。偶尔也有猫，从屋顶上跃下石头墙，然后又蹿到花坛上，随后迅速地逃回屋里。鸡们倒是不紧不慢，躲在一块阴凉地觅食，迈着四平八稳的步子，对来人熟视无睹。不少人家的院子里挂着晾晒的衣服，有矿工下井穿的秋衣秋裤，女人洗过后挂在那里，洗完衣服的水都冲洗了院子，脏水顺着院子流出来，一直流到大门口，最后汇入石头屋外的臭水沟里。

那一年母亲还在乡下，父亲从单身楼里搬出来，和我住在山坡上的石头屋里。父亲在井下的工作面很远，他工作的时间是六小时，可来回在路上的时间就是四小时，因此上一趟班就是十小时。夜班晚上九点走，父亲从石头屋出来，从那条满是垃圾的斜坡下去，下坡的时候身体时快时慢，有时踩到一块石头或其他的硬物就要打一个趔趄。最怕的是脚下踩到滑腻的东西，那样就会仰天滑到摔个脚朝天。然后要穿过那条积了很厚煤尘的马路，一脚下去，那煤尘就会被踩出一个脚印，走快了煤尘就会飘起来，煤粉钻进鞋里粘在裤腿上。因此就得放慢走，一下一下过去，要踩到地雷似的。再下去是一条厂内路，算是正式走在上班的路上。我站在大门口，看他瘦弱的身子在昏暗的路灯下忽隐忽现，直到消失在最后一个拐角处。机器的轰鸣声不断从黑暗的沟里传过来，像一头狮子在沉睡中打着呼噜，偶尔有光刺破巨大的黑暗直插天空。山坡上的石头屋被黑沉沉的大山淹没了，只露出星星点点微弱的光，那些丑陋的高低不平的被煤尘染成灰黑色的石头，都被漆黑的夜色覆盖了。

有时候是雨夜，雨水唰唰地下着，一点停的迹象也没有，屋檐哗哗地流着水。侧耳可以听见石头屋外也有哗哗的声响，雨水聚在一起从山坡上流下来，那些垃圾和煤尘被雨水夹裹着一路连泥带水滚下沟底。屋里开始漏雨，吊在屋顶的塑料编织袋顶棚已经被雨水湿透，雨水越聚越多，聚集雨水的地方就凸出来，开始一滴一滴地往地上掉。我把一个一个的脸盆放在滴水的地方，等到我终于把所有滴水地方都处置完后，发现家里的锅碗瓢盆都用完了。随后我在土炕上一块没有漏雨的地方开始写诗，我写下《命运之曲》：

      ……

      无法拯救，四季依旧在迷失

      雨水已漫过头顶

      这样还能追溯多久

      爱已褪色，歌已苍白

      从梦幻走向黎明

      必将是从尘埃流过峡谷

无数次选择

注定了无数次心痛

原始的荒凉呈现，清晰

时间穿越了肉体

凝固了古典浪漫的思绪

流浪的魂魄

能否在今夜抵达燃烧的音符

注入不朽的思想之地

漆黑的夜晚，流动的气息

震慑着空气的躯体

激情依然在燃烧

来自胸口的隐痛

在命运之曲中化为灰烬

……

天亮的时候，我从墙角处醒过来，开始收拾那些锅碗瓢盆，把它们里边的雨水一一倒掉。随后我推开门，阳光出奇地好，空气中散发着丝丝缕缕特有的味道：有泥土味儿、有草味儿、有一丝丝甜但又隐藏着缕缕的臭味儿、有动物尸体腐烂的味儿，还有一股股煤的味儿。坡下公路上厚厚的煤尘被雨水冲刷的沟壑纵横，露出发白的水泥路面，对面山上的灌木也被洗刷一新，泛出久违的绿色。

但我知道，这样的清新只是短暂的一瞬，在天空放晴之后，石头屋又将恢复它本来的颜色。

2. 众生

在我居住的石头屋周围，同样居住着一些人。一部分是矿工家属，一部分是社会游民、流浪汉、还有医生、区队干部、劳动模范，再有就是我的学生。四周的石头屋都没有秩序，横七竖八，高低无序，我的邻居们，有的和我一墙之隔，有的一路之隔，有的上下相望，有的前后想通。但这些石头屋的朝向基本都是面向南山，朝阳而居。

在毛女二十五岁的时候，她丈夫在井下出了意外被顶板砸死，留下她和三岁的女儿。她的丈夫就埋在石头屋对面的南山之顶。她是我认识第一个邻居，那天晚上，父亲去上班，我一个人趴在土炕上写诗，一个陌生女子推门进来，她向我借个火，说刚路过我家门口时，想抽根烟，忘了带火。我抬起头看她，圆脸、短发，涂着黑眼圈，睫毛很长，穿着短裤，手指上带着一个大大的戒指，一根烟夹在指间，浓浓的香水味立刻把整个房间充满，我有一种将要窒息的感觉。我把桌上的打火机给她，她啪的一声点燃那根又细又长的女士香烟，然后从烟盒里弹出一支给我。我摇头说不会，她一口陕西味的普通话，说我一个男人怎么不会抽烟呢，是男人就应该抽烟喝酒睡女人，要不活着有啥意思，白活了。我的脸热辣辣的，头仿佛被重重击了一下，有些晕。我还在上学，将来要当老师的，我说。她哈哈哈地笑着，深深地吸了几口，长长地吐出几个眼圈，呛得我咳嗽了几声。跟你爹一样，没出息，好了，不打扰你了，我走了。说着她推门要走，忽又回头，问我有没有女朋友。我说没有。一看就是个处男，其实我很羡慕你们这些有文化的人，说完她关门走了。我一个人待在那里，香烟的味道，还有她身上散发出来的那种浓浓的说不清楚的味道，正慢慢地浸入我的内脏，我有些迷乱，仿佛身体已不属于我，赶紧打开窗户推开门，一个人站在院子里做着深呼吸。

再次见到她是在多年以后，我已在一所中学任教。她带着女儿来到我家，她的女儿上初三了，要我辅导辅导。女儿长得和她很像，圆脸，睫毛很长，眼睛像两湾湖水一样清澈。我望着毛女，厚厚的脂粉都没有遮掩住她脸上的沧桑，她没有了当年的锐气，只是说想让女儿上个高中，然后考个大学，她这辈子就放心了。她说这两年钱不好挣了，女儿考上高中后，她要带她回陕西老家去上学，那里亲戚多，好照应，女儿要是能上了大学，也算对得起她死去的爹。大约过了一个月左右，她把几张百元钞票扔给我，说是感谢我为她女儿辅导。我捡起来还给她，说义务辅导，不要钱，况且都是邻居。她说我必须拿着，因为在离开这里之前，她不想亏欠任何人。说着她眼里闪烁着泪花，又扔给我一盒烟，说抽去吧，以前是学生，现在是老师了，又没娶媳妇，怕啥。我又一次把钱还给她，我说你也不易，一个人带着孩子。她简直是要吼出来，你是在嫌弃我。我只好收下，我知道这个女人的处境，收下她的钱是对她的救赎，是对她的尊重。在这个山坡上的石头屋里，她曾和自己心爱的人结婚生子，男人是一个身体健壮、英俊潇洒的后生，她天天等着他下井回来，给他端上热菜热汤，过着幸福的日子。可是有一天男人再没有回来，她端上的热饭搁在桌子上等了又等，让人悲伤的事情终于还是发生，她从此没有了依靠，没有了方向。

现在她要离开这石头屋，这些没有生命的石头见证了一个女人的幸福和不幸。在矿工们因棚户区改造陆续搬迁到新区之前，毛女已悄然带着女儿离开了，谁也不知道她去了哪里，连翁三都不知道。

翁三是和毛女走的最近的人。翁三没有职业，和毛女邻居，也是我家的常客。翁三的老婆小他十岁，那年翁三从农村混进矿山，结识了他现在老婆萍萍，萍萍那时十五六岁，见翁三有些本事，就跟了他。一晃十多年过去了，三十岁的萍萍后悔了，但青春已逝，只能叹气。那一年有一个男人来毛女家，被翁三碰见，两个人便吵起来，翁三说毛女是我的，不管以前有多少男人碰过她，但现在谁也不能碰她。那个男人说毛

034

女是他的，他们已经很久了。两个人你来我往互不相让，最后翁三从家里抽出菜刀把那个男人劈了几刀，那个男人满脸是血，捂着伤口跑了，放了狠话，说要杀了翁三。后来毛女领着孩子出去躲了一阵子，她不想让两个男人为她闹出人命。

翁三来我家借钱，说好久没出去了，家里有点拮据，孩子上学需要学费。父亲借给他三百元。他说有了就还。第二天他就离开了家，说去了内蒙古，一走就是二十多天。回来后，他买了好烟好酒又一次来到我家。从他的出手阔绰可以看出，这次出去应该是收获不小，他一会儿说内蒙古话，一会儿说大同话，一会儿又学着陕西话，一会儿又学东北话和河南话，翁三说全国各地的话他都会。他的话把我和父亲逗得笑起来，父亲炒菜招待了他。翁三说着他的那些江湖事，我只是听客，陪着他笑，陪着他惊，空气里到处弥漫着惊险刺激和恐怖的事。我和父亲已经变得麻木，不知眼前这个满脸通红长得还算英俊的男人还能说出些什么令人惊恐万状的事情来。他看了看我和父亲，忽然从腰间拔出一把匕首，啪的一声扎在方桌上。我和父亲惊了一下，全身立刻布满鸡皮疙瘩。翁三哈哈大笑，看见没有，就这把刀。父亲夹起的菜停在嘴边，连忙说好刀，好刀。我也不住地点头。他涨红的脸有些扭曲，鼻翼一张一翕，压低嗓音，说这把刀，哼哼，字一个一个从他嘴里蹦出来，父亲赔笑的脸一下僵住了，翁三血红的眼睛望着父亲，随后又慢慢转向我。我看着翁三，感觉他的目光就如那把匕首，正一点一点插进我的内脏。看着我满脸惊恐，翁三又哈哈大笑起来，他的笑声让我急速流淌的血液瞬间凝固。父亲僵硬的脸慢慢柔和起来，脸上慢慢地堆起笑容，那笑容确实是比哭还难看。这样的镜头我总觉得像水浒传里的某个场景，但却又显得很遥远，很不真实，如一场梦境。

翁三伸出手，那是一双短而粗的手，上面布满老茧。他说这辈子就凭这双手吃饭。我知道那双手，经常在陌生人的挎包和衣兜间游走，那些钞票和手机等贵重物品源源不断地握在他的手中，变成他的私有财产。我现在一直怀疑那次我装在裤兜里刚发的奖金不翼而飞，会不会是他干的，我只是在回家的路上和他握了一下手而已。按他的说法，兔子不吃窝边草，不会对周围邻居甚至居住在矿上的人动手的，每次"工作"都是走得很远，至少不在本市，甚至不在本省。我还是劝他收手，常在河边走会湿鞋的。他的舌头已经不听使唤了，酒量明显不如父亲，父亲喝一瓶四十五度的白酒面不改色。

　　翁三喝多了，爬在炕桌上抬不起头，我扶他躺下，一直睡到第二天上午。是老款把他送回家的。老款是光棍一条，不知从哪天起他就做了我的邻居，住在我家西边一间破旧石头屋里。那个院子的主人搬迁到沟底的楼房去了，正房已坍塌，只剩下这间下房还没倒。老款捡破烂为生，矿泉水瓶，破铜烂铁，各种废纸堆满了一个院子。五十多岁的他，脸上爬满了黑黑的皱褶，每一条都很深、很长，像颗发霉的核桃。捡破烂的钱他都喝了酒，每天喝得醉醺醺的，不是躺在石头屋睡觉，就是坐在大门口眯着眼睛晒太阳，有时他会半天坐在一堆垃圾里翻来找去。一身破破乱乱沾满油污的衣服，一顶同样被油污浸透落满灰尘的帽子，一张黑黑的满是皱褶的脸，一双已经和垃圾无从区分的手，我总认为他是一堆最大的垃圾，只是他偶尔移动一下身子，你才发觉那一堆臭气熏天的垃圾里有一个活物。

　　卖掉垃圾的钱不够他喝酒，于是就去偷，偷左邻右舍的东西，被人家发现了，就骂他几句，有的给他点钱，有的一脚把他踢出大门。一次偷了一户人家放在门口的自行车，被发现后，那户人家的三个儿子对他一顿拳打脚踢，弄了个鼻青脸肿，走路都一拐一拐的。他来我家借一盒火柴，说要生火做饭，我取笑他说天天喝酒还吃什么饭，早晨一口酒一口烟，中午一口酒一根豆腐干，晚上一口酒一颗花生米。他有些不好意思，说哪有那么多酒。那张脸让我想起在职工浴室洗澡时那些矿工的脸，爬满黑色的蚯蚓，可矿工笑起来露出的是洁白的牙齿，老款咧开嘴的牙东倒西歪，黑里带黄，黄里带黑，像从垃圾堆里捡回来的。我忍住呕吐，但胃里还是起了波澜。赶紧拿了两盒给他，希望他快走。他说过几天还我，一瘸一拐地走出了大门。

　　但没过多久，他又被打了，这一次翁三打了他。翁三要分他卖破烂的钱，翁三最近不顺，出去几天灰溜溜地回来了，没拿回一分钱，要不是趁夜色跑得快，差点就被警察逮住。翁三告诉老款，把院子里那些破铜乱铁瓶瓶罐罐和纸箱片儿都卖掉，卖完后拿回三百多块钱，其主要还是那堆乱铁值钱。翁三跟他要钱，老款不给，老款说你那点东西最多值十块钱。老子那点东西值一百块，翁三怒吼着把老款劈头盖脸打了一顿，抢走一沓零钱，足有二百多。老款紧紧地握着剩下的钱，整天躺在土炕上，下不了地，他的腿必须依靠拐杖才可以走路，就这样饥一顿饱一顿，身体日渐消瘦，如果说那张脸以前像一颗发霉的核桃，现在则像一颗晒干的黑枣。其实他患胃癌已经有一段时日了，只是那时候自己还能坚持，现在干脆行走不便，饭都吃不饱，破烂也不能捡了。

　　他有时拄着一根棍子，从石头屋下来，到沟底的市场去买最便宜的散装酒。卖酒的人问他，摸过女人没有。他那张干瘦的脸勉强露出一丝笑容，摇摇头。旁边的人不依不饶，有人说亲眼见他去过旁边的戏院。所谓的戏院就是以前的矿山百货商店，商店破产后，有人在那里召集了不少年轻女子唱戏，专供退休老头们来找乐。老款把拐杖放在胸前，身子斜靠着柜台，揭开盖子喝了一口。他必须说，不说那几个人不让他走，有两个还堵在门口。他又喝了一口，说就去了一回，摸一下左边就要我三十块，想摸右边钱不够了。众人大笑，还有人要让他说说细节，他有些痴呆的眼神露出求饶的神色。卖酒的说，他得了病，听说不轻。大家这才饶过，门口的两个让开路，他拄着棍子一瘸一拐地走了。

　　后来，父亲给老款亲自送过一次饭，一碗白面饺子。回来后，父亲说不行了，饭都吃不下去。又过了几天，我回来见坡底停着一辆带棚子的车。父亲说老款死了，要拉回老家去埋。

喜子的父亲退休多年，患有严重的硅肺病，他的母亲每天带着他的父亲按时聚会，每到冬天，天气一冷，他的父亲呼吸就极度困难，喘不上气，必须住院才能度过整个冬天……喜子也是一名矿工，和他的父亲住一个院，结婚后，父母住在院子南边靠近墙根的一间小石头屋里。他的二哥住在他们的屋后，也是三间石头屋，他的大哥在另一座煤矿，父子两代四个矿工，兄弟三个都在这石头屋里出生、长大、上学，而后参加工作。

小海是我的学生。在油库的旁边，他家的三间石头屋朝向正南，孤零零地建在一块岩石的下面，岩石上面是一条通向山顶的小路。从他家出来是一条窄窄的小路，小路的尽头就是一个自来水管，山坡上的居民都要到这里来挑水。小海和他的姐姐每隔几天就要给家里抬水，她的母亲患了乳腺癌，父亲是胃癌。姐弟俩从家里出来，弟弟一手拿着一根木棍另一只手拿着一根铁棍，边走边在空中比画着，姐姐手里提着一只铁桶。然后他们开始排队，冬天，水管的周围被冰厚厚地覆盖，只留下放水桶的地方是一个凹。姐姐站在冰上，拿过弟弟手里的铁棍插进竖在冰里的一根铁管子里，勾住一个环，用力往下压，那水就从水管里流出来，冒着热气。他们的父亲经常坐在家门口的石头上养神，一条腿已经残废，是在矿井下被砸坏的，拄着拐。他们的母亲刚刚查出乳腺癌，到北京做了手术。有两个场景是我不能忘记的，一个是他们的母亲扶着父亲走在回家的小路上。另一个场景是他们姐弟俩抬着一桶水，弟弟走在前面，脸冻得红扑扑的，姐姐走在后面，那水有时候会洒到姐姐的鞋上，两个人一前一后走在那条通向家里的小路上。这是一个普通矿工之家的生活瞬间。

那一年喜子的二哥因盗窃入狱，错过了矿上招工；他的姐姐在母亲的教唆下和他姐夫的矛盾越来越深，最后被迫离婚改嫁到农村，嫁给一个养奶牛的老农。那个人一嘴黄牙，门牙少了一颗，有些瘸腿，说话口吃，他姐姐虽心里不同意，但自己年岁已大，又带着孩子，只得委屈下嫁。面对子女的不幸，喜子的父母选择了默默承受。不久，喜子当了一名矿工，然后娶妻生子，又过几年，因对妻子不满，产生厌倦，网聊认识了一异性网友，聊得投机，便找种种理由和妻子闹矛盾，最后离了婚，每天沉迷在网吧。又过一年，和那位女网友结了婚，婚后好了一段时间，又产生厌倦感，开始约见新的异性网友，被妻子发现，再一次闹离婚。父亲此时病重，寒冬腊月，喘得厉害，最后离开人世。

那年冬天，小海的母亲病重，因家里没钱，放弃到北京治疗，母亲一再要求要回忻州老家，最后他的父亲带着他和姐姐陪病重的母亲回到老家，一个星期后，母亲病逝。又过了不多日，他的父亲也病逝，姐弟俩从此消失在我的视线里，他们回到老家去上学，至今不知音信。他们住过的石头屋早已坍塌，成为一堆乱石，落满了野草。我曾在一首诗中这样写道：

> 走过的路不再是路
> 是岁月的荒草和杂乱的石头
> 你的母亲已经在荒草的根部躺下
>
> 童年的哭泣其实并不遥远
> 昨日的微笑消失在一场疾病中
> 短暂的痛苦不是痛苦
> 难以下咽的也不是那醉人的春风
> 而是那高高的渗入骨髓的寂寞
> ……

福全和大富也是我的学生。

福全家在我家房后，是三间低矮的石头屋，外形破烂，好像久无人居。大富家在我家右前方，隔着一条羊肠小道，他家紧挨悬崖边，是我们这个山坡唯一的砖木结构房屋。福全的父亲是一个修鞋的，耳朵不好使，你必须对着他的耳朵大喊，才勉强听见，因排行老三，人送外号"三聋子"。福全的爷爷曾在乔日成手下当过秘书，具体情况已不可考，他的母亲每天在沟底的居民区卖凉粉，旁边就是他修鞋的父亲。往往是人们为了打发无聊的修鞋时间，便在那边要上一碗凉粉，边吃边看着"三聋子"把自己的鞋子用刀一下一下地切割，然后用一块皮子来回比画着，一会又拿起一块比画，然后放在机器上咯噔咯噔地缝起来。一般是，等你吃完一碗凉粉，那鞋也就差不多修好了，交钱时全交给他的母亲，穿着修好的鞋，感觉是脚上舒服，嘴里也舒服。

大富的父亲是井下区队的一个书记，他的爷爷奶奶就住在他家的旁边。他家比福全家宽裕，基本不缺钱，他的爷爷奶奶都七十多了，身体硬朗。奶奶很胖，像一个站立行走的蜘蛛，爷爷却较瘦，他的奶奶一顿早饭能吃十个油糕，一碗肉片。初三那年，福全的进步很大，因基础较差，最后考取了一所二流高中，大富仍然是天天上课就昏昏欲睡，下课就调皮捣蛋，中考成绩只有一百多分，被一所煤炭工业学校录取了。三年后，福全考取了合肥工业大学，他的父母每天仍是起早贪黑，修鞋卖凉粉。大富遇到一个机会，被本家一亲戚分配到一煤矿，一边上班一边经商，没两年便积累了上百万资金。四年后福全考取了北航的研究生，成了我学生中最具科技含量的一个高才生，也成了国家航天事业的一个科技人才。大富开着名车带着老婆回到昔日居住的矿山来看我，春风满面，踌躇满志，带着礼品，感谢我对他的培养。我脑海里又浮现出他埋头睡觉的画面，不觉心里一阵苦笑。福全寒暑假仍宅在家里学习，偶尔有一些中学时代的女同学去他家，想成为他的女朋友，他都拒绝了。

又是三年过去，福全考取了博士，开始在国家的航天领域崭露头角。大富在一个雨夜带着几个朋友去谈生意，天黑雨大车急，一转弯冲下了一座桥，车扎在河滩上。他被甩出车外，头部碰到一块石头，鲜血染红河流，当场丢了性命。车上其余几位几天后都出了院。

如今，那些住过的石头屋已是乱石成堆，杂草丛生，左邻右舍早已摊成一片，不可辨认，整个山坡一片狼藉。所有的往事都被掠过矿山的风带走了，仿佛一切从未发生，这些石头本身就在这里，是矿工把它们赋予了遮风挡雨的使命，现在又还给了自然。

石头是冰冷的，但石头屋是温暖的。

消失记

那些瓦砾、泥土和石头

曾为多少血肉之躯遮风挡雨

而我却找不出一个合适的词

来告慰那些流逝的岁月

——《废墟》

一个村庄的消失

1

当春天来临，南山上几棵孤零零的杏树开出了淡粉色的花瓣。而此时山上的田地里还毫无绿色，满山的荒草随风摇摆，一副凄冷的景象。山坡上的村庄已经彻底消失，推土机把这里的残墙断壁推成平地，有的地方已经种上了松树和杨柳。

那一年，我第一次来到南山，就深深地爱上了这个小小的村落，里面居住的大多是矿工和他们的家属们，村庄与外界隔绝，寂静得如同盛夏的午后。离村庄不远的山顶之上，是一座座坟茔，埋葬着死去的矿工，墓碑上刻有他们的名字和家乡，我曾在那些墓碑前默默注视，想象着他们当年在这里劳作的样子。他们都不是本地人，却因一座煤矿从五湖四海赶来，最后葬在这同一块土地上。村庄的西边是一排排张着大口的窑洞，共五十一孔，那是日本人盖的。在这些窑洞的一侧，其实还有两间可容纳二百多人睡觉的厂房，里面阴暗潮湿，是当时矿工们的居所，后来厂房被拆除，只剩下这些石砌的窑洞。当年的日本鬼子就住在这些窑洞里，管理着手无寸铁的中国矿工，不少矿工患了痢疾无法治愈，怕传染，日本鬼子便把那些患上痢疾还活着的矿工们捆绑起来扔下他们挖的大坑里，浇上汽油后烧掉，这就是现在仍保留着的"万人坑"，在我所在矿区大大小小有十几个。

　　新中国的矿工们在窑洞的前面陆陆续续盖起了这些土坯房和石头房，时间久了，就形成了一个村落——南山村。每到春天，南山村的杏花开了，一树一树，一片一片，像云彩飘落在人间一般美丽，村庄笼罩在一片吉祥之中。村庄的背后是煤场，透过白白的杏花便是黑黑的煤，一大堆，像一座山。下面是选煤楼，那些煤就是从那个口子里被拉上来的，顺着皮带通过长长的形如胳膊的筒子，拐来拐去就伸到那个煤场，就像血液一样，不停地流出来，名曰"乌金"。虽然那边是机器喧嚣，车来车往，但南山村却是寂静的，偶尔有狗的吠叫，有时还可以看到一群羊从山那边归来，夕阳下，牧羊人一瘸一拐朝村里走来。脚下黄土坚实而浑厚，踏踏实实地踩在脚下，显得温暖、亲切。我有时就站在村庄的一条窄窄的土路上，两边是并排着的各家各户的院门，大门上贴着被风雨洗礼的发白的春联，一年摞着一年，今年压着往年的痕迹。一户挨着一户，那土土的墙、土土的房屋，偶尔有墙皮脱落，露出白花花的石头，此时就如回到了童年的村庄，我暂时忘却了那嘈杂的工业区，恍若梦里，为能有这样短暂的寂寞而流过泪水。

站在高处的路边，可以看到院子里种植的各种花草和蔬菜都长得茂密繁盛。我的单位在北山上，和南山遥遥相对，站在会议室二楼的平台上，我能看到南山村的全貌。夕阳下的村庄显得格外幽雅宁静，像一条黄狗静静地躺在那里，极尽温柔，在黄昏的光线里冒着缕缕炊烟。再往远是绵绵群山，有一片绿色，一直藏在那黄土的后面，那是一条山脉的一段，让苍黄的视野有了一丝希望。山顶是望不到边的平原，长年有风吹过。春季的风夹裹着黑黑的煤渣，瞬间席卷过整个矿山，冬季的风则像一把把锋利的刀，嗖嗖地刺痛人的脸，忽而无影无踪。如果透过那些黄色或灰色的屋顶，偶尔可以看到一丝丝绿色，就说明春天到了。

2

每次下班，路过矿工洗澡的浴室门前，总会看到那个五十多岁的女人在卖凉粉，刀在案板上噔噔噔地切个不停，头也不抬一下。

每天早上，她从南山村挑着扁担沿着那条弯弯曲曲的小路下来，前边的桶装着凉粉，后边的桶里有案板、刀、盘子、碗和筷子，还有调料。到浴室前，便从浴室的一间库房里搬出桌凳，一字摆开，然后把遮阳伞打开，准备妥当后坐下来。这时顾客们已经在一旁等了好久了，有的还帮助干点儿零碎活，从水龙头下接上一桶水，提过来放在女人的身旁。女人也不抬头看，脸上露着微笑，只顾做着手中的活儿，好像是自家人似的。

顾客们便坐下来，有说有笑，相互拿出烟扔给对方。顾客都是出井的矿工，矿工们坐着罐车从井口升上来，黑黑的脸上是白白的牙齿和红红的眼睛。他们在更衣室脱掉那黑黑的甚至还有些潮湿的工作服，放进从天花板吊下的篮子里，然后摁一下柱子上的按钮，那装有工作服的篮子便缓缓地升上去，这个过程就像他们每天从井下升上来一样。然后是浑身赤裸着走进浴室的池子里，白白的身躯顶着个黑黑的脑袋，慢慢地被雾气袅袅的水池淹没至脖颈。好久都不动，在池子里发呆，他们闭着眼，有的还抽着烟，无比幸福的样子。然后突然有人把水猛地往头上浇，有的则干脆一个猛子扎进去，哗哗声过后，那黑黑的脸便一下子清晰起来，有年轻的，有满脸皱褶的，但都显得很惬意。洗完后，他们穿上衣服，换了个人似的一个个从里边走出来，年轻人一律是西装革履，有的还打着领带，你绝对不会和刚才那个头顶矿灯，满身乌黑的矿工联系起来。

他们出来后，便在门口的凉粉摊坐下来，三三两两，有说有笑，吸着香烟。那女人便忙活开了，从水桶里捞出一块软嘟嘟的凉粉，放在案板上，刀在案板上噔噔噔地响着，然后把切好的凉粉一下一下放进碗里。再用一个擦子在每个碗里擦上几块豆腐干，用勺子舀上几勺汤水，倒入辣椒油、醋、味精，撒上香菜，摆在每个人的面前。几个年轻的矿工，每人面前一瓶啤酒，对着嘴吹上几口，然后吸上几口凉粉，有的要上几颗莲花豆，有的还吃上几根小葱。女人忙活完就和矿工们聊天，聊工资、聊孩子、聊家庭琐事。

女人的男人是个残疾人，行走不便，整天待在家里。几年前，她的男人也和这些矿工们一样，在这个浴室出出进进，女人则在家里做家务，给孩子和男人做饭。在南山那间土坯房里，他们一家生活得有滋有味。突然一天男人在井下被砸断了腿，因公致残，现在是男人整天待在家里，她却在外挣钱，供孩子上学。女人的孩子现在已经上了大学，听说正考研究生呢，她有时一边说着一边招呼着过来的矿工，来吧，吃一碗，喝一口，说着又开始麻利地切凉粉了。开始的时候，她问我在哪个区队，一个月挣多少钱，我说在学校工作，她连说几句，老师好啊，老师好啊，不用下井，不用每天换那潮湿的黑衣服，工作环境好，你肯定是大学生吧。我没有回答，笑了笑，只顾吃着。

女人要在这里待上一天，天黑以后，她才收摊，凉粉卖完了，她收拾好碗筷，有人从浴室里又提出一桶水，她把那些碗筷洗干净，然后挑着扁担顺着那条弯弯曲曲的土路回到南山村。走在那条土路上，回头望去，脚下已经是灯火辉煌，厂房、车间、综合楼，还有部分区队办公楼，都已经亮起了灯光。

3

南山和北山不同。

南山是一个黄土坡，脚下的黄土很厚，给人一种很温暖的感觉，人们的出行都靠着双腿。村外的田野一层一层，村子前面是一坡一坡的松树，植被还是相当不错的。你随处可以看见在街上悠闲自在觅食的鸡，狗就卧在家门口，眯着眼睡觉，墙头上一只猫迅速地蹿上房顶，喵喵地叫上几声，而此时你的头差点儿碰到一枝探出墙来杏花。院子里的西红柿红红地吊着，黄瓜绿绿地挂着，树上的苹果被晒得通红，门口的几株西番莲开得正艳，墙上还挂着往年的辣椒和玉米。

北山和南山遥遥相对，北山到处是石头，盖得房子是石头，脚下的路是石头，广场周围是石头，还有火山岩的石头裸露着，一切都显得硬邦邦的。车来车往，人流熙攘，沿街的喇叭唱着流行歌曲。匆匆的行人，那是上班一族，张口吆喝着的是商贩，广场晒太阳的是退休的老矿工。

南山村是最先消失的，仿佛就在一夜之间。二〇〇八年的春季来临的时候，我来到南山，只看见那些孤零零的杏树开着寂寞的花，一些流浪狗灰溜溜地跑来跑去，到处觅食。我知道人们到了另外一个地方去生活，而且是很好地去生活，再不用挑水，不用劈柴生火烧炭，不用到职工浴室里用那黑水洗澡。矿工们长年在井下劳作，在黑黑的巷道里行走，他们本应生活得更好。南山村又变成了一块荒野之地，还原到最初的状态。我站在一棵杏树下，那杏花开得正艳，我知道，杏花年年开，不管世事如何变化，它们只要春天来临就开花，花开过后就结果。那些杏树啊，桃树啊，它们也不因主人的搬迁显露出半点儿不愉快，也许他们还会为主人高兴呢，搬迁了好，到一个好地方居住。而倒是主人们对这些留下的树产生了莫名的情感，我们走了，今后谁给你喷药，谁给你修理枝丫，谁保护你的果实不被别人偷摘？我朋友的父亲甚至站在他家院子的杏树前，双手抚摸着，眼里闪烁着泪花，半天说不出一句话。离开时，他又望了望那棵已经长了三十年的杏树，哽咽着说，今后你自己生活吧，我们都走了，不过我还会回来看你的。

风还是那样一股一股吹过来，它们来到这里时，已经没有阻挡它们前进的村庄了。以前它们吹来的时候，要高高地越过房顶，斜着身子穿过每一个巷子，还要在人家的院子里盘旋一阵。现在风可以自由地毫无遮拦地大摇大摆地吹过了，它们在树梢上逗留几秒，问问那些树，你家主人呢。树摇摇身子，说主人搬走了。风又使劲地摇了摇树，说你怎么不走。树默不作声，任由风不停地吹过，一片片花瓣掉落下来，被风卷走。树对风说，你把我的花瓣带走吧，送给我家主人，让他们不要挂念我。那些流浪狗就不同了，它们像丢了魂似的，狼狈得很，胡子拉碴地在寻找食物，但总是很失望，抬头望望远方，又看看地上，失望地走了。不知是主人不愿意带他们，还是他们不愿意跟主人走，总之，它们的生活很不好。有时它们会卧在树下打盹，风呼呼地吹过来，卷过一阵沙土，它们便醒过来，没趣地走开了，埋怨那风不够意思。风便吹得更猛了，说你能走了怎么不跟着主人走，在这里挨饿受冻，没人照顾。狗也不理它们，只顾自己往前走，它也不知道要走到哪里，好像只有往前走，才有希望。

春天过去就是夏天，一般是过了五月，这里的绿色才开始慢慢从地里探出头来，那些树苗也披上了绿装，黄土渐渐被绿色掩埋。但那些沟沟岔岔里却还有一些残雪，它们顽强地躺在那里，明显已经很颓废。在村庄消失的地方，慢慢地长成一片绿色，那个寂静寂寞的南山村，彻底被绿色所覆盖了，村庄就此消失。

一条街的消失

1

这条街在高高的山顶之上。

我说过，这个山顶是个一望无际的大平原。如果你站在沟下观望，不会想到光秃秃的山顶之上会是平原，而且是无垠的黄土，典型的黄土高原地貌。

说到街，肯定是有居民区。这个居民区就密密匝匝地散漫地落满整个山坡，就像一件披挂披在一个人的胸脯上。那条街就像从这件披挂中间扯开的一条缝，又像是一条悬挂的绳子，一直延伸到沟底。街没有名字，却是这个居民区的主要通道。街的起点在沟底，有一条拉煤矸石的铁道，所有的煤矸石都是从前面那个又黑又高的选煤楼选出来的。选煤楼的通道一直伸到山坡上，那七拐八拐的通道就像是挂肠子，把井下的煤源源不断地送到地面上来，山坡上劈出一块空地，是一个大的煤场，每天不停地从那挂肠子里流出黑黑的煤。

街的起点是一个倾角四十多度的斜坡，其实整条街都是倾斜的，好像是越往上走倾角越小了，直到山顶才平坦起来。那坡陡得人走上去好像要爬似的，车也的放慢了速度走，挂上一挡，小车还行，遇到那种大车就更慢了。如果是拉人的带帐篷的车，人坐在后边的棚子里，真有要掉下去的感觉，特别是那个吊在车尾的人，手拉着栏杆，脚使尽踩着车上的扶梯，头高高地向上仰，好像那车就要被他这么给拉翻了。那车的司机很有经验，走着 S 形路线，一路盘旋，紧紧地踩着油门。下坡的司机也都是高度紧张，控制着车的速度，既要躲上行的车辆，也要躲路上的行人。还有就是生怕车辆失控，一旦失控将是车毁人亡。那年一个骑自行车的妇女，骑车下到四十度陡坡的一半时，刹车失灵了，一路狂奔，路边的人都吓傻了，没等人们反应过来，连人带车已经摔倒在沟底的铁道边。一些人赶紧跑过去，想救人，可那妇女一骨碌从地上爬起来，拍了拍身上的土，摸了摸脸上的血迹，骑上车就走了。

从陡坡转过一个 S 形路线，路边有两棵大槐树，有百年历史了。夏天走过此处，那槐树高大的树枝遮挡着炽热的太阳，洒下一片绿荫。而我却喜欢那一树一树的槐花，老远就闻到它淡雅的清香，有时走过，那片片落花就从眼前飘落。我曾说过，最大的浪漫就是陪着心爱的人，相互依偎在开满槐花的树下，看夕阳一点一点坠落。槐树的对面是武装部，那大铁门经常紧闭着，门口拴着一条大黑狗，那嘴头刚刚从底下的门缝探出来，对着路人狂叫。

再走过一段坡路，就到了这条街最为繁华的商业区。饭店、商店、药店、粮店、书店、理发店店、凉粉店、超市、医院、棋牌室、照相馆、糕点房、移动缴费厅、家电修理店、牙科诊所等排列在沿街两边，当然还有摆在大街两边的摊位。店铺里放着流行歌曲，再加上商贩的叫卖声，俨然是一条繁华的大街。在街的末端，与另一条公路形成了一个"丁"字路口，路口处是一个集贸市场，市场的对面是一个小区。其实这个市场也不是人群密集的地方，平时很少有人去光顾，要说人群密集的地方只有一个，那就是这条街接近山顶的那块的空地，人们叫它中心广场。早晨和晚上是这个广场最热闹的时候，但各有不同，早晨这里就成了早市，晚上这里是舞场。

天空刚刚放亮，广场上便聚集了不少人，老年人多数在打太极，年轻人则跳一些轻快的舞。随后便有不少商贩陆续赶来，多数是卖菜的，各种蔬菜应有尽有，吆喝声此起彼伏。当然现在商贩多数是不用自己叫卖的，用一个复读机配一个扩音喇叭就可以不停地叫喊了，除非是刮风下雨，一年四季从不间断。可以说这个早市就是北山居民的菜篮子，也是这个居民区巨大的胃，不论多少都在一个早上完全消化掉。因此，不论住的多远早上是一定到这里来看看，总能挑选到自己满意的东西。有的商贩是开着货车来的，车停在一边，打开一边的挡板，一人站在上边放货，一人站在下边卖货，有西瓜、山药。附近的老农用的是毛驴拉的木板车，拉着自己种的蔬菜，一般都是价格便宜的绿色蔬菜，人们喜欢买。那毛驴站在那里一动不动，闭着眼睛，老农的身边聚集了不少人，不到一刻钟便卖完了。当然有的干脆就用自行车，后座和两边都绑有框子，里边有时放的是袜子手套，有时是一些玩具。当年一个同学的母亲是卖自己做的鞋垫，每天总能卖上一些。后院的一个母亲是卖凉粉，供他的儿子读研究生。每到夏天，晚饭后广场变成了舞场，人们伴随着舞曲纷纷入场。你可以想象，在这高山之上，黑黑的夜色下，在那些闪闪烁烁的灯光中，有那么一群人在跳着和这些荒凉的黄土不太相称的现代舞步，而且非常的陶醉，这是怎样的一种生活状态。

如果把这面山坡比作是一个人的胸脯，那么这条街就是挂在上面的一条项链，这个广场就是项链的翡翠坠。广场的西边是一条路，通向两个学校和两个小区，还有一个医院。路的旁边有火山岩，一层叠着一层，裸露在人们的脚下。

2

志强饭店和志强摩托修理部就在广场通向两个学校的路上，一个地方挂着两块牌子，其实也没有牌子，就是用红色油漆刷了几个字。那条街的半坡之上还有一个志强粮店，都是一家的。志强饭店开在学校门口，这里的常客是附近工地上的民工，还有学校的师生们，以及早上送孩子上学的家庭妇女。

天刚蒙蒙亮，志强饭店就开始忙活了，临街的烟囱冒着浓浓的黑烟，黑烟过后是青烟，青烟过后是白烟，这时候天就亮了。饭店有里间外间，一进门放着两张桌子，桌子的里边是灶台，空间显得很狭小。通往里间有一扇门，以前这扇门是临街的，续了外间后，这扇门就免遭那风吹雨淋了。里间空间稍微宽绰些，有一条盘炕，地上摆着几张方桌，炕上经常卧着一只花狸猫。此时里间外间就坐满了人，学生们往往是三五成群，男生女生嘴里含着面条还不误叽叽喳喳。送孩子的妇女们自己不吃，给孩子吃，不住地催促着快吃快吃，要迟到了，可那孩子怎么也吃不快，母亲就往孩子嘴里一口一口地喂。还有一些附近的孤寡老人，每天固定来这里吃面，有的还喝点儿酒。一次一个七十多岁的老人，要了一大碗面，一个小瓶二锅头，一碟咸菜，最后酒喝完了，面剩下了半碗，红着脸跌跌撞撞走了出去。

一会儿，从里屋走出一个男子，约莫二十几岁，但额头上却爬满了皱纹。走路几乎要朝一边歪倒，也就是迈出右腿，身子就偏向右边，左臂不由自主地朝上方抬起，右臂却是向下压去，像是跳舞。他是这家的长子，那个在灶台前给客人一边削面一边煮面的是他的母亲，母亲说话嗓门非常大，突然就来了一句：志强，你一会给二白那里送袋面，人家都说了好几天了。志强头也不回：我今天去石料厂进货，等下午再说吧，他的话也像是有些残疾，拐来拐去的，随后一扭一趔地出了门。吃完饭再去吧，志强，母亲扯开嗓门又是一句。吃饭的客人听了都是心头一惊，嘴都停了下来，抬头看看窗外，那个叫志强的男子已经不见了。

有时你会看见他扛着一袋面从志强粮店往家走，他走路都要栽倒的样子怎么会扛着一袋面上坡，明显非常吃力，每一个动作都是用尽了全身力气，脸上挂满汗水。志强的弟弟志军已经结婚，志军是个很俊的小伙，不胖不瘦，不高不矮，每天在这条街的坡底跑摩的。摩托车上绑着一个音响，放的都是时下流行的曲目，小伙子一边等客人，一边照着后视镜用手整理自己的头发，嘴里还吹着口哨。一辆公交车到站了，人们急匆匆地下车，摩的师傅们突突地发动摩托挤在公交车的车门前，往往是没等人下车，便吆喝开了。志军是摩的师傅里最年轻的，动作利索，一般是最早也是最准确地到达车门前的一个，只要是下公交车想坐车的乘客必坐他的摩的。他拉着客人上坡，那音响的喇叭声非常大，站在街的顶端就能听见那流行金曲一路荡过来，就知道是志军来了。

他俩有个妹妹，叫志英，是我的学生，初中一毕业就嫁人了，丈夫也是个买卖人。另外还有他们的父亲，是个木匠，给人们做家具，安门窗，父亲看起来比较斯文，像个文化人，说话有板有眼，做事不紧不慢，是家里的主心骨。

3

北山的矿工是在二〇〇九年陆续搬迁到恒安新区的，从此这里便开始荒凉起来。

这条街开始破败，先是两边的房子开始拆除，沿街的店铺一个个被铲平，然后垫上黄土，开始植树。站在南山看北山到处是残墙断壁，好多民房揭去了屋顶，但那白花花的墙还留着。广场周围没了房屋，视野就显得更加开阔，到处是一片苍凉，小区里还住着几户人家，多数是人去屋空，空荡荡的窗户张着黑洞洞的大口，有些已经整栋坍塌。

流浪狗和流浪猫脏兮兮的，三三两两在无人的街上溜达。那条流浪狗就在路边的一个棚子里住着，是路人用麻袋和砖头搭建的一个低矮的棚子，这条狗生了狗崽，它必须每天到周围去寻找食物，喂饱自己，然后来喂养它的孩子。路过的人会把食物丢在它的窝旁，都是上坟带回来的祭品。我站在它的面前，给了它一些面包，它看起来很疲惫，眼睛眯着，身上的毛杂乱肮脏，窝里的狗崽似乎刚刚睁开眼睛，从里边努力往外爬。小区已经拆的七零八落，地上到处散落着砖头和钢筋水泥，没有倒下的楼房的危墙上写着：危险，请勿靠近！仿佛这里刚刚经历过一场大地震。

这里已经停电停水，不知那几家没有搬走的住户如何生活。街的两边没有了商贩，人声鼎沸、人来人往的场面已经消失。冷风不停地吹过来，忽左忽右，每一股都带着十足的野劲。"大家饭店"孤零零地立在那里，空空的，窗户和门已经被拆了，像一个骷髅头立在风中。不知道有多少人曾在此就餐，红白喜事应接不暇，宾客宴会数不胜数。我和朋友也曾无数次坐在二楼的那个雅间里，喝着酒、抽着烟，望着窗外的沟沟坎坎，聊几件不痛不痒的事情，日子也就不痛不痒地过去了。想想往日那热闹的场面，不过是一场梦。

几十年前，这里本没有人家，为了开采地下的煤，支援国家建设，便有了人，人们称这些人为"矿工"。几十年来，这些矿工们起早贪黑，为国家建设做出了巨大的贡献。一九九六年，为了改善矿工的居住条件，在这个山坡顶端建起了两个小区，小区的楼房都是三层，每栋住六户人家，这在当时已经算作非常不错的居住条件了，人们称这里为"别墅群"。为了实行居民区和工业区分离的战略，从二〇〇八年开始，用五年的时间，把这里居住的矿工全部搬迁到恒安新区去居住。四年过去了，矿工们都陆续搬走了，这里已经是一片废墟了。

再次踏上那条街，路上已经是乱石成堆，惨败不堪。慢慢寻找过去的蛛丝马迹，试图让回忆清晰起来。那个修理自行车的小屋不见了，那一年，我像平常一样路过此处，忽然就听见里边传出了乐器声。我进去，看见一些老者，都是退休的矿工，他们弹钢琴、拉二胡、拉手风琴、吹唢呐、拍手鼓，白天修理自行车，傍晚聚在一起演奏几个段子。有时是经典晋剧，有时是怀旧的老歌，有时是时下流行的金曲，在这样一个破旧的房子里，他们自娱自乐，脸上荡漾着幸福的微笑。我曾写了一篇仿

《陋室铭》以记之：

　　山不算高，有风不停。路不算远，有坡可行。斯是陋室，半旧不新。白日修车忙，傍晚成乐行。谈笑无遮拦，往来皆矿工。可以弹钢琴，拉二胡。有经典之晋剧，有流行之歌曲。行者驻足听，听者皆感怀。感叹曰："一生何求？"

　　现在的小屋已经被夷为平地，当年的那些乐曲似乎还在耳边飘荡，矿工们自我陶醉的面容仍旧映照在我的面前。我写下一首诗，算作对这条街的怀念吧：

　　　　我走着，在接近正午的矿山
　　　　路旁的阳光灰白而恍惚
　　　　我曾是山上唯一的阅读者
　　　　最后的注定是孤独的阅读者

　　　　我曾活在这高高的山上
　　　　和那些坟茔一起观望人间

　　　　我读不懂春风
　　　　正如春风读不懂我一样无奈
　　　　青草并不都代表离恨
　　　　四月，我们相约
　　　　在这里一起消失

旷野

路的两边是一排排苍翠的青松，一些杂乱无章的荒草倒伏在林间。风不时地从林间吹来，树上的白雪随风飘洒，落入怀中，化为水滴。

继续前行，大约向上行二十多步，豁然开朗，一片开阔的荒草地，心情也随之展开。极目远眺，一些房屋横卧在黄土地上，炊烟升起，日头正在西沉，像一个烧红的火球。

一股风从远处吹来，其间略带一些暖意，分明是春的信息。头发也随风舞蹈，风衣的下摆像一面旗帜，迎风招展，走向旷野的深处，那些荒草在我的脚下沙沙作响，我知道这个时刻，唯一能与我亲切交流的就是这些寂寞了一个冬季的荒草。它们在这儿只和风儿做伴、白雪为伍。这种松软的感觉，犹如踩在疏松的田地里，置身其中，又如置身大海一般。随便坐在一块青石上，望着随风一浪一浪的波涛，我有些神情恍惚。我在随波逐流，仿佛从此地漂向远方，从天涯流到海角，从今生漫至来世。我知道在这衰败的下面暗藏着无限的生机，似乎正以不可阻挡的气势向上喷发，这力量是不外露的，但却是能够感觉到的，在不知不觉中这片荒草地将被绿色的生命一片片浸染，这儿终是一片绿色的海洋。就这样，在季节的轮回中，生命在不断嬗变，岁月生生不息，这种大自然的规律，正在默默地改变着我们以及我们身边的万物。

走过荒草地，是一片墓地，这是一片无名英雄的栖身之地，他们没有干过惊天动地的事业，在各自的平凡生命中度过了一生。但我清楚，几年前，几十年前，他们曾在这里生存过，在这片土地上曾贡献过他们的微薄之力，滚滚的乌金之中有他们的汗水和血泪。脚步不觉凝滞了，瞬间，一股难以名状的感觉在心头缠绕，残阳下，我觉得自己今世根本未曾来过，此时此刻仿佛站在了生命的终点在回首一生的来路。存在与消失是如此的模糊，生与死的界限不过是一线之隔，一步之遥。生命是一次长途跋涉，不管我们在哪一条路上行走，最终将会殊途同归，可是在生命的过程中，我们却有着不尽相同的经历。也曾追求事业的成功，寻找高贵的人生；也曾遭遇过缠绵的爱情，经历过铭心的苦难。漫长的道路中，我们跋山涉水，苦苦追求，可不论拥有财富万千，还是万千财富，终将空手而去。名利确实只是一件披在我们身上的外衣，是我们行走在尘世之中的附属品，是一阵吹过旷野的风，当我们回归大自然，再回到泥土中与泥土融为一体时，那些曾缠绕我们一生的名利和因名利而附带的痛苦，将化作陪伴我们的山野之花。我感到今生的渺小，大自然是如此广阔无垠，她是一位不知疲倦的母亲，接纳高贵的头颅，也收留卑贱的身躯。而我们却都是凡人，注定无法挣脱名利的驱使与折磨，注定为名利而不惜一切，这所有的一切是命运秘密的安排，让我们有了一个奔波的方向。

前边那个低矮的坟墓，刺痛了我的双眼，它的碑上是两个人的名字，那个叫什么军的我不认识，但穆仁花我认识，她是我的一个学生。时光回到几年前一个冬季平常的早晨，我去看早自习，像往常一样在教室里踱着细小的碎步，教室中间第一排靠左边的那个位置一直空着，那是穆仁花的座位，我便一直等着她的到来。都是初三的学生了，还这么随意，尤其像她这样的苗子学生，出现这样的信号是危险的，可是直到上午第一节上课的时候都没有等到她。其实那时候我不知道我永远不会等到她了，就在我和我的学生在教室里上课的时候，穆仁花已经安静地离开了这个世界。当我来到她的家时，我竟然忍不住满眼的泪水，他的家是那样简陋，这样的房子也能住人？我问自己，为什么不早一点来她家看看，来家访一下，或许我会从自己微薄的工资中为她把书费交了。院子里的荒草疯长，窗户纸破了几个窟窿，我进她家要低头才能进那扇门。穆仁花一家没有户口，是几年前从农村来到这里谋生的，她的父亲没有工作，为了维持生计，两年前下了小煤窑。不幸的是刚刚有了点收入，便出了事故，她父亲的一只脚没了，从此家里断了经济来源。母亲除了照顾父亲还要为她解决上学的费用，母亲由于要照看父亲就没时间去矿上的卫生队上临时班，家里一分钱也没有了，母亲跟邻居们都没有借到钱，便只好回了老家去借钱，留下了她和父亲。没想到她和父亲晚上睡觉中了煤气，可怜的穆仁花蜷缩在寒冷的被子里再也没有醒来，父亲挨着窗户，勉强捡了一条命。死后不久父母便为她便配了阴婚，另一个男子好像是一个刚刚接班下井不到半年的工人，死于一次井下意外事故中。

风在吹，谁的泪，这一天这一刻如何追悔。

夕阳越烧越红，空旷的视线一片辽阔，风还在不时地吹过，长期积压在心中的纷杂正一丝一缕地随风而去。而这个时候，我不由想起了敦煌，想起了布达拉宫，在那样一个接近灵魂的圣地，人们尽可回归到生命的最初状态，感受自然的纯洁以及原始的生命和透明的人性。眼前的这种由特殊色彩构成的画面把我置身于一种世纪末日的感觉，我仿佛走在生命的最后时刻，体味一种超脱尘世的幻景。

"谁把生命扛在肩上，谁就会过早地老去。"

是吗？可又是谁能从容地走过今生。我们能不能像这旷野的杂草一样，自生自灭，何去何从？我们曾嘲笑过许多人，可最终却嘲笑了我们自己，努力追求的东西，别人却轻而易举得到了，于是悲哀，忧郁笼罩了我们，这就是我们无法超越自己，作茧自缚的结果。

风多么自由！荒草多么自在！

一只鸟从我眼前划过，忽高忽低，落在一处荒草之中。整个旷野正被夕阳泼下的余晖染成一片血红，天堂般温暖，我融于其中，像一棵突兀的树，站成夕阳下一道悲壮的风景。

手记

多年以后，我将看到自己真实的面容

在河流之外，在喧嚣与潮涌之外

我将是天使的引领者

——引自拙作《多年以后》

1

我常常站在学生中间，寻找一种为师者特有的感觉，我喜欢把学生比作不同种类的树苗，而我就是一个园艺师，深深知道每一棵树苗的特征：哪几棵需要浇水了，哪几棵需要修剪旁枝了，哪几棵需要光线强一些，哪几棵需要保暖了，这我都清楚，这也是我的职责，我为我的职责而感到无比的荣耀。

在这个高高的山冈上，我每天都感受着呼啸的寒风从耳边吹过，这里空气清新，坐在办公室内可以看到对面的太阳从东升起，从西边的山冈上落下。每当夕阳西下，远处蛰伏在那个土丘上的小山村就会有炊烟弥漫开来，而在这个时候，我都会有一种温暖的感觉在心底慢慢升腾，一种回家的感觉。我觉得我所在的学校是一处世外桃源，这里远离闹市，藏在大山的深处，像一朵雪莲花开在茫茫的雪峰之上，更像是落在煤城深处的一只摇篮，我就是这摇篮之中的一个孩子。我在这里生活、工作、结婚生子、写作交友。我和学生们唱着悦耳和谐的摇篮曲，阳光下陶醉着。

有一片绿色永远不败，那就是我每天可以看到的一片青松，它们生长在对面的山坡上，陪伴我度过岁月无数。看到它们，就像看到我的学生们，看到我所培植的树苗正茁壮成长，片刻间就长成了参天大树。我深深地爱着他们，爱他们的纯真和无邪；爱他们那未受世俗浸染的面容；爱他们上课时睁圆了的眼睛；爱他们玩耍时傻傻的样子；爱他们为成绩落后而流下泪水；爱他们给我的痛苦和失眠；爱他们给我的误解与理解；爱他们对未来憧憬的样子；爱他们谈一些不着边际的话题和理想。

为谋生计我曾四处奔波，为寻找幸福的爱情也曾伤心无语，也曾迷茫在岁末的大雪之中，曾在夜色朦胧中独自徘徊在那条寂寞的长街，曾为失去的爱情而写下寂寞的文字。但当我走进教室的那一刹那，所有的一切不愉快都被挡在了门外，我全身心投入到自己精心培植的花朵们中间，为此而永不觉疲惫。

2

刘海独自坐在挨窗户的最后一排，戴一副近视眼镜，胖且高，有一米八，经常低着头，头发天生卷曲。

新学期，老师要更换办公室，我让男生去搬办公桌椅，一下子蹿出好几个。我是希望他去的，因为他的个头最大，可他始终没有挪动一下，甚至没有抬头，我心里也没有过多去想。第一天的体育课，我站在办公室的窗户前，看同学们列队完毕，开始自由活动。学校不大，没有专门的操场，体育课都在教学楼和行政楼围城的一个半圆形场地里上。同学们有的打篮球，有的跳绳，都显得很兴奋，只有他在一旁静静地坐着，不参加任何活动。我代两个班的数学课，再加上学校团支部的工作，每天很忙，没有过多的时间去在意这些事情。可有一天我实在是没有忍住，因为他的作业太糟糕了，凌乱、字迹潦草，很简单的题都错了，而且有两道是在黑板上讲过的。我不能容忍一个刚入初一的新生就这么由着性子来，脑子里都是他那些让人没有好感的画面，我必须惩罚一下他，敲敲警钟，让他按照我的要求来。一上课，我就喊了他的名字，我必须在全班同学面前，让他知道自己错误的严重性，以便让其他同学知道我的严厉。他一上来，我翻开他的作业本，扔给了他，他没有接到，本掉在了地上，我厉声说道，那么简单的题都做错，你是怎么听课的。我拿起那根教鞭，准备抓他的右手，给他几鞭子。可我的手抓住的是一个空空的袖囊，他没有右臂！顿时我的大脑一片空白，才意识到，他是个肢体不健全的孩子。到最后，我都不知道是如何收场的，我脸涨得厉害，连教育他的话都忘记了。

那一天，我的思绪很乱。

最后是他的班主任告诉我，刘海不但没有右臂，他的右腿也是假肢。他家住在矸石山旁，紧挨着铁路。我必须承认我的失职，没有对班里的特殊学生进行了解，以致发生那样令人尴尬的事情。后来，我才知道，五岁那年，刘海上了停在路边的拉矸石的"黑牛车"上玩耍，不料车开了，他情急之下跳了下来，竟然摔倒在铁轨上，右臂和右腿被"黑牛车"齐刷刷地压断了。他的父亲因公致残，母亲没有工作，还有一个上学的姐姐，家庭状况十分艰难。我决定给他补课，每天下午放学补一个小时，补完后，先送他回家，然后我坐班车回家。开始，他不太配合我，总是问我为什么要给他补课，他家没有钱支付补课费。我说不跟你要钱，义务补课。老师，你为什么要这样做，会耽误你好多时间的。我说为了你有一个好的未来。他说他看不到未来，像他这样的人，未来不会美好。我说你只管跟我补课就是了，未来还很遥远，我们只说现在。

就这样坚持了几个月，期末考试，他的数学成绩及格了，我感到很欣慰。春季开学不久，一次回家路上，他滑倒在雪地里，左臂骨折，需要住院，我只好每天路过矿医院去给他补课。他情绪低落，极不配合，说老师你不要在我身上浪费时间了，我会拖累你的。我鼓励他，给他讲了许多身残志坚最后获得成功的例子，慢慢地他的情绪稳定下来。出院后，他开始上学，我还是义务给他补课，他的学习慢慢地进步着，日子也一天天平淡地过着，就这样过了三年。初三中考结束，他的母亲来到我家，要感谢我三年来对孩子的照顾，伸手塞给我几百元钱。我是被她的举动吓了一跳，我怎么能要她的钱，她的丈夫是残疾人，隔三岔五躺在医院里，况且孩子上学也需要钱。她哭着，说一定要收下，不然她良心上过不去。可我绝不能要，于是相互推搡着，最后她丢下钱就急匆匆地转身走了。

刘海考取了一所普通高中。我把那些钱给了他，说这是老师给你的学费，希望你好好努力，他有些犹豫，但最后还是收下了，我知道他家里的情况。

其实，我只希望刘海能像众多普通人一样平安地度过此生，不需要多么辉煌。

3

我们生活在一个连空气都充满商业气息的时代，为了生活，人们四处奔走，却不知奔向何处。匆匆忙忙，熙熙攘攘，来了又去了。空气中似乎缺少了一种打动人心的力量，我们都在问自己，我们到底为什么在没明没夜地奔波。

终于有一天，我要离开那些树苗了。那些和我日夜相守的幼苗们已经慢慢长高长大长结实了，他们苗壮地立在那里，一脸的淳朴。我离开在一个寒风刺骨的冬季，我和他们刚刚一起庆祝了元旦，我唱了一首《大约在冬季》。当时他们并不知道我要离开，但我内心清楚，唱完这首歌，我将永远地离开这所学校，离开一起相守了几百个日子的孩子们。我不忍心惊动他们，怕碰碎了那一颗颗纯真的露珠。他们都沉浸在我的歌声中，我的歌声还是有一些魅力的。

"轻轻地，我将离开你，请将眼角的泪拭去。慢慢长夜里，未来日子里，亲爱的你别为我哭泣……"

我唱完第一句就差点掉下眼泪，但还是忍住了，因为我看到孩子们的脸是那样的纯真，他们不停地为我鼓掌。

离去的那一夜，我无法入睡，翻身起床，提笔把积压在心头的话写下来留给他们：

明天我就要离开，请不要为我送行，离别的日子里，思念会汇成河流。

明天我就要离开，请不要流出眼泪，三尺讲台上面，有我留下的身影。

明天我就要离开，请拿起手中的笔，在温暖的阳光下，写出你心底的话。

我还是无法阻挡他们。当二十多个稚嫩的面孔手拿礼物来到我家为我送别时，他们都哭了，哭得是那样的牵肠与揪心。我无言以对，我觉得很对不起他们，他们都只是十四五岁的孩子，心灵深处还不可能体会到这个世界上正在发生的一些事情。当我把写有"一帆风顺"的礼品船拿在手中时，泪水正好从脸颊滑落到船上。我为他们的纯真而感动，我一个一个安慰他们，说我只是到另外一个地方去工作，以后还会关注他们中的每一个人。我说着他们的名字，我对一个说你很聪明，但以后要把字写工整，对一个说一定要把英语赶上来，对一个说上课要再专注一些，对一个说以后如果交不起学费，就来找我，对一个说要刻苦了，留给我们的时间不多了，最后我对班长说，你要好好带着他们努力，配合新的班主任做好工作。

他们都无法控制自己的情绪，低着头抽泣。这么多纯真动情的脸孔出现在我的面前，为我送别，我永生难忘。觉得人世界还有这样一份真情实实在在地为我所有，我不枉此生。

在很多刻骨铭心的伤痛面前我没有流泪过迷茫过，在勾心斗角的人群中受到排挤与非议时我没有流泪过迷茫过，而当我面对这群挂满露珠的纯真面孔时却流下了眼泪，是那种纯真打动了我，是那种人类最原始的本性打动了我，是那种不掺任何虚假的表情打动了我，我真正体会到了纯真的魅力。

第二辑　俗世的光影

母性的河流

1. 身体里的河流

是的，一个无可否认的事实，那就是每个人的身体里都流淌着一条河流。

这条河流伴随着我们的一生，甚至在我们未出生之前就已存在了。它隐性的基因始终在指引着我们，缓缓地流过我们的幼年、童年、青年、中年、老年。在每一个生命的阶段，它把不同的生命理解赋予了我们，甚至当我们离开这个世界的时候，这条河流还要继续流下去，流向遥远的未知。或许就在不经意间从我们的面前一闪而过，或许我们永远都不能遇见。那是条隐秘的河流。

我们所有的与生俱来都在这条河流里闪现，那里有我们前世今生的密码，有我们不可预测的将来。这条河流注定了我们的性格和品质，我们的身体里深深地烙着它的脉络。那是我们生命存在的重要标志，它和我们的一生融合在一起，在源源不断地给我们带来欢乐和快感的同时，还不时地用不祥和痛苦把我们轻轻覆盖。其实它一直以这种状态存在着，不管你来不来到它的身旁，它永远是快乐的。这使我想到了一些词语：朴素、真诚、透明、善良、亲切、品质、超然物外、与世无争……它更像流过的那些村庄，以及村庄里的那些乡民。

一个人的存在和一条河流是有着必然的联系，那条河流一直在那里等着你降临到它的身旁。你分明看到它欢快地流淌，哗哗的笑声响彻整个山谷，不觉中形成了自己的品格。

从我出生的村庄边，流过一条无名的河流，那里充满了一个孩子的童真。其实这条河，不，准确地说是两条河，因为两股不同的河流分别从两个山口流出，在流经村庄的边缘汇合成一条河流。我曾无数次站在河流的岸边，吹着稚气的口哨，想象着河流的样子，望着哗哗的河流出神。河流带走我的幻想，带走我的歌声，我把学到的中国字就这么一个一个地丢进河水的中央，把一个少年的踌躇满志就这么轻轻地放进河水之中，一去千年，永不回归。

记忆中的河流充满了笑声。一群孩子，赤条条地在夏日中午暴晒的阳光下，在河流中奔跑、跳跃、追逐，叫喊声和流水声混杂在一起，随着河流四处飘荡。

2. 男人和女人的河流

那些村庄的女人们，在夏日午后的河流中，脱去身上仅有的一点衣裳，站在水的中央。她们的笑声不时地飘荡在空气中，她们的长发在水中轻轻拍打，溅起片片水花。她们白花花的身体被太阳热烈地亲吻着，被水流轻轻地抚摸着。群山之下，水流之中，少女的身体，还有令人心醉的阳光。流经村庄的河流和她们身体中隐秘的河流融合在一起，躺在河流边被太阳烤得发烫的石头之上，那稚嫩的肉体就像盛开的雪莲，秀色可餐。

一群男子站在河流的上游，那是一处人工建造的瀑布。哗哗的流水经历欢快之后，一跃而下，完成了它们的一次壮举，像一匹白色的丝布缓缓舒展开来，那布不时地被风撕破一角，然后又迅速地弥补完整。不断有和风细雨飘洒下来，飘洒在瀑布下那群同样赤裸的男子身上。我幼小的身体躲藏在巨大的布匹之下，像一个陀螺，不停地被河流的力量冲刷着。那是一种快感，冲击的快感，但快感这个词还远远没有到达那个时代一个少年的心中，他只是感到一种无以名状的东西在身体里蠢蠢欲动。

一个男子站在瀑布的边缘，赤裸着身体，抬高嗓门，向下游的女子们呐喊。他的身边站满了同样赤身裸体的少男，瞪大的眼睛里充满了好奇。于是一场战争开始了，先是一个，然后是两个，最后是一群男子向远处呐喊。而那些乡村的女子们，有的掬起水抛向空中，有的拿起水里的石头向这边投来。呐喊声、怒骂声、哈哈的笑声、哗哗的水声糅杂在乡村山野正午的阳光下。

呐喊的那个男子，是我的一个亲戚，多年后，他娶了另一个女子。那个女子不是那一群里的，也不是这个村子里的，她是另一个村子的姑娘。那个村子在这条河流的上游某个拐角处，这条河流也静静地从那个村子旁流过。一年的夏天，那个姑娘和她的父亲顺着河流走出山口，父亲走得慢，她走得快了点，而且还背着一种草药，要下山来卖钱。刚刚走到峪口，就碰到了一个男人，一个陌生人。就这样她被强奸了。一摊殷红的血在正午的阳光下，在哗哗的水流旁，在两岸青色的悬崖之间，无声地蒸发或渗入地下。最后她成了我亲戚的女人，我叫她婶婶。

多年后的一个秋天，阳光不算很好。一个男子带着他的妻子，来到这里。他们站在瀑布下。瀑布还如当初那般飘逸，仿佛二十年来一直在等一个人的到来，是一定要保留当初的姿势，以便让人记得当年的样子，怕老朋友见面互不相识，给对方增添无名的感伤。那个男子就是我，我站在当年的瀑布下，童年的伙伴已抽身离去，转眼之间只剩下那白色的布匹独自飘洒着。它似乎不知疲倦，完全没有因我们的离去而颓废，还是那么的欢快。

我和妻子站在它的面前。它似乎因我的到来而更加欢呼雀跃，飘洒的水滴不停地洒落在我们的身上。如柔软的手掌不停地抚摸着它童年的伙伴，那样的柔情、那样的多情、那样的亲昵、那样的让人流连。

当年的河流依然轻快地一路欢歌。岁月的刀锋不停地在我们的脸上雕刻，一刀一刀催人老去，而当我一脚踏进这条童年的河流时，却发现它仍是那么清澈、透明、年轻，在阳光下，它柔软的肌肤闪着耀眼的光。这么多年，我已习惯了掩饰隐藏自己，故意把自己搅成一汪浑浊的水流。可是当我从尘世中回来，真切地走进这条记忆中的河流时，竟然被它的纯净所感动，它是那么地一览无余，那么地与世无争，顺着河床按着固有的规则自由地向前流淌。两边的山还是那么的翠绿、挺拔，两山之间的天空蓝得让人流泪，山丹丹花就开在高高的山坡上。二十世纪八十年代初的这里，一群孩子从河流出发，然后向两边的山坡散开，争抢着他们的山丹丹，那条河流、那面山坡、那些红艳艳的山丹丹花只属于他们，只属于快乐且无忧无虑的他们。

站在巨石的底部，顿时被飞流溅起的水雾所笼罩，顷刻间，无数的浮漂在空中的水滴以最小最柔软的集合体沁入心脾。

而一样沁人心脾的是那一树一树的水果，当一个不到四十却貌似五十目光迟钝面容消瘦的男子和一个七旬老翁敏捷地爬上一棵果树为我摘下一堆又圆又大的果子时，当他们说着我长得越来越像我的父亲时，我竟然呆在原地，说不出一句像样的话，木讷的像一截插入地下的木桩。我努力地搜索着与眼前这两个人有关的信息，可我的大脑却是一堆无法拼凑的碎片。我猛然发现，岁月的刀口已将我尘封的往事切割成了难以连贯的残缺的肢体，但是我却感觉到了水果的味道，是那么的令人回味，一如那条记忆中的河流，不腻、淡淡的、清脆，入口后就化成了水滴。

那条日日夜夜流在村庄身旁的河流更像是梦中虚设的景象，而内心深处那条隐秘的河流才是真正意义上实实在在的河流，它更像一个人，不，是一群人甚或一个村庄存在的意义。

而我却将要离开，记忆中的河流只是我在尘世中喘息的一处落脚之地，我无法停下我的脚步，就像河流永无休止地向前流动。一个人更像是一条河流，永远不知道他明天流动的轨迹，只是按着自然的规律不断前行，等到他流入一片湖或一片海时，他就失去了河流的形状和面貌，以他自己的品质完成了他一生的奔波。

其实河流是有情感的，我越来越这样认为。

3. 滋养生命的河流

我相信，流经村庄的那两条河流，它们的分子正奔腾在无数人的体内。它们一定变成了成千上万条河流，流淌在成千上万个人的血液里。他们不论走多远，走到哪里，都会带着故乡的河流在世界上游走，他们无法摆脱河流深深的烙印。虽然有的人带着故乡的河流长眠在地下，但河流仍会继续流淌下去，或许在另一个人的体内，仍残留着河流的分子，那是一个人无法改变的根。

二十世纪八十年代中期，在一个叫凌云口的村子里，我度过了童年的最后时光。

一千人左右的村子紧靠着山脚，流经村庄身旁的河流像一棵树的枝丫一般，用它那厚实的树干把村庄紧紧地夹裹起来，而它的两个枝丫就是两条河流柔软的身体，犹如两条飘带一般，轻轻地抚着村庄的额头。

我的父亲在很远的矿井下工作，家里只有我和母亲还有年幼的弟弟，母亲患有严重的肺结核。我在村里的小学上学，放学后要帮着母亲挑水。严冬，村里的水井就要冻上厚厚的冰层，说是水井，其实是从山脚下的泉眼里埋下的管道，一直通向村里。我挑起两只铁桶，向着山脚下走去。我要去的地方，其实就是那条流过村庄的河流，冬天的河流把它所有的柔情都掩藏起来，披上一层白色臃肿的外衣。村子里冬天的吃水，都要到这里来取，我瘦小的身体跟随着那些大人们，他们不时地回头看着我，有的还摸摸我的头，呵呵地发着笑声。从家里到我要到达的河流要走二里路左右，来回一趟要一个小时。我挑起舀满水的铁桶，水桶上漂着几块冰块，是为了防止走路时水的溢出，一步一步地顺着河道往上走，河流很低，要爬上一个倾角三十度长三十米的斜坡，才能到达通往村里的道路。那些大人们，挑着盛满水的水桶，哼着小曲步伐矫健，扁担被压得吱吱作响。他们很有节奏地朝着村里走着，有的还跟着一条家狗，那狗不停地绕来绕去，时而低头嗅嗅、时而抬头听听、时而一路狂奔。我走走停停，停停走走，头上冒着热气，往往是满满的一桶水回家后就变成了半桶。

站在村庄南边高高的城墙上面，夏季的风暖暖地吹过。村庄和农田尽收眼底，一个村庄连着另一个村庄，一条河流连着另一条河流，一条道路连着另一条道路。所有与村庄息息相关的元素都围绕着甚至缠绕着那些紧紧贴在大地上的村庄，构成了滋养生命的脉络。眼前是一片片绿色的麦浪，风吹过时，后浪推着前浪，时而泛绿，时而泛白。童年的我，时常坐在那个土墩之上，望着眼前的景象出神，一种无形的向往在一个孩子内心深处不断地滋长。

我要和母亲去浇地，村子里大多数人种的农作物是小麦。我的父亲不在身边，我的弟弟尚小，只有我和母亲。我和母亲走在朦胧的夜色中，空旷的野地里，许多手电筒的光柱在夜空中闪过。人们的呐喊声划过夜空，我们来到河流的身旁，听着夜晚河流的声响，哗哗地流进那些渠道，又汩汩地涌进那些田地里。好像还听到了麦子喝水的声音，沙沙的，不断有咕噜噜的声音从地里冒出来。我和母亲坐在麦地边上，一边聊天，一边看着夜空，还不时地到麦地的四周看看有没有跑水。风吹过乡村夏日夜晚的麦地，带着几分惬意。

母亲只是需要我来做伴，我其实并不能帮她做些什么。

七月的乡村，收获的气息开始弥漫。一股股热浪开始从田间地头扫过，麦子要熟了，黄澄澄的，一浪一浪地迎风欢舞。村民们开始点豆了，他们把头埋进麦地，屁股高高撅起，一手拿着豆种一手拿着铲子，顺着麦地的沟回前进或后退。这是七月乡村最美的舞蹈，那些妇女们，她们把头严严地包裹起来，她们不得不这样，因为麦子刷过脸庞的感觉火辣辣的疼痛难忍。她们低着头，一起一落，汗水滑过脸颊，一滴一滴掉进土里。把她们的希望和无奈统统埋进土里，伴随着那些种子一起发芽。

就是这条河流，让乡村的人们过上了富裕的生活，也就是这条河流，给了乡村无尽的滋养。我相信它已经化解成了无数的支流，流进了无数乡民的血液里，带着它的温情和温度，带着它欢快的歌声和天然的姿态。

那些淌过脸颊的汗水本身就是河流。

4. 河流的状态

一个下午，我在网上偶尔看到了那个村庄，以及村庄旁边的那条河流。拍摄者注明是雨中的河流，远处是那熟悉的山峰，我的心一下子紧了起来，被那熟悉的沟渠和山峰紧紧地抓住。我仿佛就站在故乡的身旁，回到它的身边，故乡的一点一滴渐渐在我体内渗透，它的肌肤清晰可见。那条通往田间的道路已经铺上了水泥，两边的白杨显得很粗壮，当年兴修水利留下的一道道闸门还屹立在水流的中央。那些石头，水边的石头、路边的石头、田间的石头、山下的石头、村庄旁边的石头、铺在路上的石头、砌成院墙的石头，甚至厕所中的石头，仍然坚守在乡村的各个角落，自成秩序。

那些水中的石头，有的比一间房子还要大，是山洪冲下来的，就那样半躺在河水之中。多少年了，水流从它们的身旁流过，环绕在它们的周围，不弃不离。那些少女们就坐在石头上面，洗着衣服，偶尔把奔拉下来的长辫用力甩在身后，笑声伴着水流声，一年一年流淌在山谷之中。

那些坚硬的石头，横卧在水流的中间，多数已被流水冲刷出滑滑的沟渠，成为水流前行的道路。有的爬满了青苔，在水流下显得毛茸茸的，顺着水流的方向不停地摇摆。那些乡村的少年们，就仰面躺在平滑的石头的上面，赤裸着身体，接受着阳光的抚摸。每个夏日的中午这里就是他们的天堂，他们三三两两躲在不同的水流下面，嬉戏、打闹、追逐。

雨后的河流会变得乖戾暴躁，它们一改往日的风情万种，撕下温柔的面孔，咆哮起来。两股河流从两个山口奔涌而出，像两条蟒蛇，在一个拐弯处汇合在一起，拧成极强极粗的一股。然后在一个宽阔处变得平缓、舒展，好像一个性格善变的男人，马上收起发怒暴跳的面容，脸上的青筋也渐渐消失。两条河流是有名字的，像乡村的那些孩子们的小名一样，它们只可在乡村的街区巷陌之间流传。大峪、小峪就是它们的名字，其实这样的名字太过普通，或者根本就不是名字，就像是村民家中的两个孩子，一个叫大丫，一个叫小丫一样。因为任何一条从山口流出的河流，都可以这么叫，峪其实是山谷的意思，大峪、小峪就字面意思来讲，其实是两道山谷的名字，根本没有河流的影子。是河流就应该像黄河、长江、黑龙江、怒江、雅鲁藏布江、大渡河、桑干河、钱塘江、金沙江那样的名字。流过村庄的这两条河流如果叫作大峪河和小峪河还可以称作正宗的名字，也许是当初有，最后叫惯了，省略了，就像母亲把大丫喊作丫一样。

大雨后的河流，是一条黄色的巨蟒，在河道中翻腾着，吐着黄色的信子。乡民们开始忙了，他们奔跑在各自的田地间，把那翻腾的黄色巨蟒分出一条，放进自己的地里。这也是乡民们最急切盼望的，因为雨后发洪水浇灌田地，是不用花钱的，平时浇灌，都要等水利部门的人统一调配，按小时来收钱。而洪水来的时候，特别是那种大的洪水，每道沟渠都可以分得一定量的水流，每家每户都可以把水放进自己田地。那些洪水退后，留下了厚厚的淤泥，是很好的肥料。

还有一些人在靠近岸边的河流里观望着，牛、羊、鸡、狗、猪、木头、柜子不时地被洪水带下来，有经验的村民用带着钩子的长长木棍，在洪水里打捞着。还有那些孩子们，站在大人的身旁，围观着那些"战利品"，被捞上来的家禽抽搐着身子，不停地颤抖，但却站立不起。有的睁着圆圆的眼睛，却早已停止了呼吸。孩子们不会知道此时在河流的上游发生了什么，他们总觉得从河流里捞上那些猪、牛、羊是件好玩的事，是件不可思议的事。

乡村盛夏的河流，像舞会一样，一场接着一场，各色人轮番上演。

当冬季来临，欢快的河流收起它多情的表演，一片一片白色的冰块铺满了整个河床。站在冰层之上，可以感觉到脚底河流的温度，河流把自己隐藏在厚厚的冰层之下，继续着它的欢快。它以两种状态并存的方式展现在乡村的身旁，在它平滑的外表之上，有无数大大小小的冰包，像长在一个人脸上的青春痘。每个冰包都是一座晶莹剔透的空心房，里面可以同时藏几个人，那些孩子们就下到冰包里，里面很静，可以听到水流的声响。有时我是一个人，躲到里面，坐在冰上，独自享受着那水流的哗哗声，那声音其实并不大，河流好像是故意压低了声音，怕惊动了冰层上面的世界。要是能在这冰房子里住下来，该是一件多么美好的事情，我这样想。

那是一条凝固的飘带，或是一首凝固的乡村音乐。它就环绕在村庄的身旁，像一条白色的围脖，紧紧地绕着，却又那么的轻柔，那么的委婉，像母亲的手帕，像父亲的大手一样温暖，令人依恋。

童年的伙伴们，各自推着自家的滑冰车，那平滑巨大的冰面成了他们冬日的游乐场。顺着河流的方向，他们一排排你追我赶，乡村的冬天，那些孩子们是唯一能够活跃乡村气氛的活物。而更多的时候，冰冻的河流，显得十分苍凉和广阔，那么的寂寞、寂静。站在正午的阳光下，那些巨大的冰，闪着耀眼的光芒，像母亲瓷实的面容，细细观察那肌肤，上面有无数细小的凸凹，像毛孔一样。如果把那些巨大的冰包看作是青春痘，那么这条母性的河流，说明还很年轻。

往往是伙伴们回家有点晚了，黑灯瞎火的一路往回赶，只看见远处有灯亮着，那是冬日乡村的灯光，它像母亲的目光一样，显得很温暖。记得那次，我因为回的晚，挨了母亲的打，母亲是照着我的头打的，我感觉很重很重，母亲确实是生气了（多年以后，我躲在他乡的某个角落，面对人世的种种变迁和无奈，很想再让母亲那重重的手落在我的头上，让我惊醒，让我麻木的心变得警觉起来，可一直没有，和母亲见面的机会也很少了），她让我把冰冻的鞋脱下来，把裤子脱下来，裤子冻得硬硬的。我冻得直哆嗦，我坐在热热的炕头上，然后她端上热热的一碗稀饭。现在回想起来，人生幸福的事情也不过如此。

其实河流的状态就是乡民的状态，河流的情感就是乡民的情感。河流永无止境，乡村的岁月无休无止，河流有多长，日子就有多长。乡村的河流，充满温情、充满快乐、充满故事，那些流水本身就是乡村的话语，源源不断地流着、说着，说着、流着……

废园

1

一九七九年夏日，我重新回到废园，那年我六岁。在那之前，我是在一个名叫果子园的山村断断续续度过了一半童年。在废园出生，却在另外一个地方成长，我的童年竟和两个相隔百里的村庄息息相关。

二〇〇四年的一个秋日，我踏在废园的土地上，这里的房屋已变为一片废墟，到处是断墙残垣。细细算来，我离开废园已有二十三年之久，确切地说应该是这样：七十年代在此出生，两个月后随父母举家迁到果子园，六年后又举家迁回废园，九岁时又一次离开废园，这一次离开是永别。

废园是我心中的一处圣地，虽然时间不算太长，但废园是我有生以来记忆的开始。我不知为什么会叫这片土地为废园，难道仅仅是因为呈现在我眼前的是一片废墟吗？还是因为在这里度过了我童年的最后时光。

那是一段贫困艰难的岁月，我和卧病在炕的母亲一起度过，二〇〇四年秋日的一天，我坐在废园的一块碾盘上，仍有这样的场景在我的眼前浮现：一个六岁的孩童，正吃力地拉着风箱，一边拉一边往灶膛里塞着柴火，锅里的水已经开了，他把一勺米撒进锅里。他汗流浃背，而他的母亲却躺在土炕上，不停地呻吟着，望着地上正在做饭的儿子，她泪流满面。

梦中的废园依然如初，一群孩子正坐在房檐下玩着过家家，一个扮作老师，其他的一律为学生。老师领读：春天来了，窗外池塘边的柳树开始发芽了……我爱北京天安门……他们的身旁，一只黄毛犬正静静地躺着，一只大红公鸡领着一群母鸡正觅着食物。而那个领读的孩子就是我，离开废园的我，一路走来，终于圆了那个梦，如今，我真正成了那个领读的孩子，领着一群群的孩子高声朗读。

在废园的南边曾有一条小道，堆砌着整齐的石头，在我童年的多个夜晚都是摸着这些石头回家的。我在那些黑夜之中显得既孤独又害怕，为了看一场电影我只身离开废园，到村里的戏台前，挤在一群大人的腿缝里努力地朝戏台上张望。我很羡慕那些同伴们，他们都由自己的父母领着，有的还高高地坐在父亲的脖子上，而我生病的母亲却独自躺在低矮的房屋下，父亲在几百里外的深深的地层下正开采着光明。在漆黑的乡村夜晚，我的亲人都不在我的身旁，我独自一人经常被电影里的情节所吸引。每次等电影结束后，才真切地感受到对黑夜的惧怕，一个人走在那条长长的小巷里，常想为什么母亲非要住在这里，四周都没有邻居，那三间房屋显得十分孤单，一如我孤单的童年。

此时此刻，我正坐在废园的一块碾盘上，碾盘的另一边深埋于地下。废园的树木已不见了踪影，到处长满荒草。恍惚间，我看到一个孩子正撅着屁股在园子里玩玻璃球，猛然间，一声童年的哭泣从远处传来，一下子就击中了我脆弱的泪水。

2

当年乡村的腹地现已成了乡村的边缘，我曾就读的乡村小学在一条破败的巷子深处依然保持着二十多年前的神态，像一个被世界遗弃的孤儿坚守在一片即将被潮水淹没的沙滩之上，不知是被文明所抛弃还是要逃离现实，总之，显得很无奈。

校门口的那个盲人老奶奶不见了，那个卖米花糖和玻璃球挂着一只拐杖看不出实际年龄的汉子不见了，那些追逐打闹顽皮捣蛋面容纯真土里土气天不怕地不怕的愣头小子们不见了，那个古朴古香古典古韵庄严肃穆神秘又可亲的门楼不见了。一群乡村妇女正坐在一个红砖砌成的朱红大门前谈论着无聊至极的话题，乡村小学的布局已不是我当初就读时的模样。现已变成民房的校园已被一道道砖墙所隔，这一切的实质性变化令我有一种隔世的痛楚。就在我站立的地方，很多年前一个稚趣未脱的孩子曾无数次从这里经过，也许他不知道若干年后的一个秋天他还会回到这里，带着一种淡淡的酸酸的言语甚或文字无法表达的心情，带着满身的疲惫和无奈的表情，带着他的决心与坚定、彷徨与迷失、奋斗与委屈，还有他心爱的妻子。

推开一扇大门，仿佛打开童年的一页书本，只感觉从一种恍惚走向另一种寂静。当年所在班级的门前堆放着一堆黄得耀眼的玉米，房檐下挂着一串串红辣椒，接近正午的阳光一片片洒满了这个小院。一位年岁已大的老人从房间里走出来，为两个陌生人的突然闯入感到迷惑，搅乱了在老人看来这个小院固有的秩序，搅动了小院里几乎凝固的气流。

当老人知道我的来意后，她竟然把所有的房门次第打开，干瘪的嘴角露出一丝丝的微笑，还不停地说着：回来看看就好，回来看看就好。站在玉米和辣椒的前面，妻子举起了相机，让我满脸复杂的表情凝固在了二〇〇四年秋季一个阳光琐碎的上午。

乡村的夜晚正悄悄降临，天边烧红的晚霞逐渐由火红变为暗淡，进而变成黑色的块垒，乡村开始从视线中慢慢消失，像沉入了无边无际的海洋之中。而在田地里劳作了一天的人们也开始了他们的回归，扛着镢头，牵着牛赶着羊，打着口哨，哼着浪漫的小曲。有一个变化令我始料未及：马车正逐渐被一些机动车辆所代替，三轮车、摩托车、面包车不断向村口涌来，夜晚的乡村像一个黑色的口袋，正张开嘴吸纳着一切回归的物体。在乡村夜晚的腹地，一切都在按照其应有的规律拟或秩序进行着，我童年的伙伴们多数已离开这里，以农民工或国家工作人员的身份不断地向城市进军，在白天就显得孤单的我，在夜里就更加孤寂了。远处传来刀郎亲切而质朴的歌声，一些流行的因素不断从乡村的某个角落里渗透出来。狗的叫声、孩子的哭声、远处池塘里青蛙的叫声、鞭炮声、唢呐声……夜晚的乡村更像是一件没入水中的乐器，一些隐秘的声音都在努力地寻找着自己的空间。

躺在我梦中思念的故乡的夜色中，我竟然麻木的毫无激情和感想，原来故乡只有在远离的时候才真切地感受她的存在。这种思念的痛苦随着远离故乡的距离而成倍增加，正如一首诗中所写的那样：

我愿意她是一根绳子，绑我回去

但她是一条鞭子

狠狠抽我

走得愈远

抽得愈重

故乡啊，我在流浪的途中含着泪水

回头喊疼

湖的况味

1

我不知为什么那么钟情于双镜湖，总是想在她的身旁多坐一会，静静地看一看她娇美的面容，伸手去摸一下她的肌肤。或是站在她的高处，就那么出神地望着她。她没有西湖的"浓妆淡抹总相宜"；没有洞庭湖的气势和辽阔；更没有纳木错的神秘和灵光；也没有文瀛湖浪漫儒雅的名字。她只是像两片不大的刚出土的嫩芽，静静地张开着，或者你干脆把她看成是一个鼓起来的气球，只那么轻轻地用力在中间一握，两边便突显出来。或者你也可以把她比作鱼的两只眼睛，这样便更显出她的灵性来。

夏日的双镜湖，阳光暖暖地洒在湖面上，湖边的树木也是那么的充满柔情。那些柳树低着头，秀美的长发接受着轻风多情的抚摸，她完全被满眼的绿色包围着，葱葱茏茏的绿色，郁郁苍苍的绿色，苍翠欲滴的绿色，她就是这绿色之中的一个孩子，一个天真的小姑娘，依偎在观景山的胸怀之中。

我有时就行走在双镜湖边的小路上，是那种闲庭信步式的，双手插兜或双手抱肩，心情绝对放松，观赏着湖中的游船。那些游船也是那么的悠闲自在，慢慢地、慢慢地左右前后移动着，我甚至把船上的游人忽略掉，把那些游船就想象成一只只大白鹅，它们自由地在水中嬉戏。看着看着你就会想象成你也是其中的一只，追逐着，竟然忘掉现世的嘈杂与喧嚣。那些狐狸让人有些好笑，它们怎么会游泳？居然也在那里等着，让人不放心，总觉得那里面有阴谋，游人一般不会选它们。那些小白兔就有些让人可怜了，好像是它们极不情愿，是主人一定要把它们放下水。

两面湖水的中间是一座小桥，叫碧水桥，而我时常把那桥幻想成断桥，仿佛梁山伯和祝英台就站在桥的中央，十八相送的场景历历在目，那么缠绵、那么忧伤，有一种欲罢不能的伤感。仿佛他们正看着桥下成双成对的鸳鸯，还有荷花旁成群的游鱼。如果是雨天，他们肯定还撑着伞，一把伞下，一对男女，一首绝美的诗，一段凄婉的爱情故事。雨中的双镜湖，是另一种风情，特别是那种不大的雨，细细的雨，朦朦胧胧的雨，更增添了双镜湖的浪漫色彩。而雨中的我是不带伞的，漫步在微微细雨中，行走在被雨水洗得发亮的湖边小路上，幻想湖中有许多鱼接连不断地跃出水面。

这里没有阴风怒号、浊浪排空的气势，更没有薄暮冥冥、虎啸猿啼的伤感，当然也没有去国怀乡、忧谗畏讥的缠绕。当你登上观景山，望着那满眼的绿色，则会有一种春和景明，波澜不惊，上下天光，一碧万顷的景象。会令你心旷神怡，宠辱皆忘，真想把酒临风，长出一对翅膀，在蓝天白云之间逍遥一翻。人们三五成群，多会于此，有青年男女，谈情说爱，互相嬉戏；有白发老者，谈天说地，抚古论今；有文人骚客，吟诗酌句，作画写生。有悠闲散步者、有追逐打闹者、有前呼后应者、有窃窃私语者、有定神凝望者、有遛狗者、有舞剑者、有留影者……

夜色下的双镜湖是很有一翻风韵的，一轮明月静静落在湖水中央，波光粼粼，一种古典浪漫的况味在湖边蔓延开来。月色下，小桥上，身着白色外衣的长发少女正在和她心爱的人相拥，湖边传来萨克斯幽雅的绝美音色，远处是万家灯火，和天上的星星交相辉映。多么美好的夜色，双镜湖像一位少女，此时把她最温柔的一面毫无保留地展示在我的面前，令人遐想万分，迟迟不肯归去。

2

该叫我如何去描写双镜湖，该用怎样的词句和华美的辞藻，才能表达我对她的赞美和她给我的惊喜和惊叹。这又是一个平常日子，我又一次走在去往双镜湖的路上。中秋节已过，寒露也迈着轻盈的步子过去了，我的脚步踏着节气的行踪，走在那片必经的林子。

我的步伐不快，慢慢地、慢慢地踩着脚下飘落的已经枯黄的叶子，听着沙沙的声响。好多天没有来过了，每次来都有这样的感觉，刚才还是行色匆匆的人群和喧闹的街头，忽然间就变得寂静，从一个世界到了另一个世界。置身这片林子，你的心情才开始变得舒畅和平和，就像一个玻璃罩把你罩在中间，你听不到外边世界的嘈杂，只有眼前悠闲的三三两两的人群和无数条纵横交错的小路。林子里是清一色的杨树，不高大也不雅观，没有垂柳的婀娜多姿，没有马路边那些槐树的清高。它们想怎么长就怎么长，好像只有这样才显得更自由，没有章法，没有规律，完全像一个悠闲自在的人在那里散步，想怎么走就怎么走。所以你的心情也随着悠闲起来，这也许就是我每次想从这里经过的理由吧。现在的景象是：到处是飘落的黄叶，那些树干光秃秃地裸露在眼前，把天空勾画出道道裂痕，一夜之间，草都黄了，树叶都掉了，秋天就这样到来了，来得突然，来得令人猝不及防。

　　而现在我要说的，是当你走出这片树林，眼前便豁然开朗，是另一翻景象，总体感觉是从秋季一下子就又回到了夏季。你的眼前满眼是绿色，绿色的草地、绿色的树木，连天空也一下子蓝了很多，让你有一种时间的错位，季节的错位。而双镜湖就在前面不远的地方，她仍是那么的处事不惊的样子，很安静，很平静，对这种一个天空下同样的时间中横亘着两个不同的季节全然不予理会。但她也远没有了夏日的那种热烈、温暖、柔和，显得深沉了些，但又深沉的那么的浅显。整个湖面凝重了些，但又没有把那种热烈全部隐藏。游船相对少了些，整个湖面显得很干净，映照着蔚蓝天空中几朵游荡着的浮云。湖边放着幽雅的萨克斯金曲，游人也少了许多，远处观景山上的人群也是稀稀拉拉，没有了夏日热闹的场面。湖面上有一只小船，静静地停在湖水的中央，此时的她就是她，一个与任何人为因素都没有瓜葛的属于自然的孩子。

　　站在双镜湖旁的观景山上，呈现的是一半苍黄一半淡绿，苍黄的是秋天特有的景色，淡绿的是夏日未尽的留痕。在这个夏日未尽秋意已浓的特殊时刻，双镜湖以她特有的姿态呈现在我的面前，成熟了许多，深刻了许多。当黄昏的余晖洒满湖面，双镜湖真正的宁静到来了，湖面上映照着淡淡的霞光，仿佛披了一件华美的外套，显示出她少女的风韵，柔美的情愫尽露无遗，只等吸引我姗姗来迟的步伐。

　　　　开放的青春，缘于寂寞的人生

　　　　如果泪水可以启航

　　　　可以在荆棘丛生中重生

　　　　那么，我愿点燃余生

　　　　彻照生命的精魂

　　　　在前世未卜的经典里

在亘古悠扬的钟声里

向你挽回纯洁的初衷

和浪漫的情怀

其实没有人理解此时双镜湖真正的心情，她可能什么也没想，只按照自然的规律，春天花开秋天叶落，去留无意。也许她想了很多，人们琢磨不透，在她看似平静的内心深处，隐藏着一个少女的丰富情感，只是没有人读懂。是的，秋天正悄悄降临，双镜湖也正悄悄地发生着变化，细心的人都看到了，甚至触摸到了双镜湖诸多细微的部分。过多的人只是从她身边路过，他们虽然也站在湖边观望过、停留过，但他们没有用心去体会过她。我是不是她的知己，我想去努力做到，也许做到了，也许只是一个匆匆过客，在她看来和别人没有什么区别。但我宁愿一厢情愿，宁愿单相思，宁愿自认为是她的红尘知己，自认为理解了她许多，只有这样我才能完全沉醉在她的怀里。

而这所有的一切，只有她心里最清楚。

3

当我走近她，已是傍晚时分，西边的晚霞也烧成了灰烬，空留一堆黑色的块垒。我本来是想到另外一个地方，可是她总在我落寞的时刻，走进我的视线。我为什么这么钟情于她、偏爱于她、倾诉于她、深爱于她，谁能说清楚我与她的关系。

深秋的双镜湖，平静了许多，内敛了许多，她把夏日所有的激情统统地隐藏于心底，就像我，把莫名的伤感隐藏在纷杂的人世中。湖边静悄悄，我一个人站在她的身边静静凝望。我看不清她隐藏的情感到底有多深，就像我看不清秋天有多深，看不清黑下来的天空有多深，看不清即将到来的夜晚有多深。

双镜湖的西边，显得有些空旷深远，就像浅海的一角，而她的东边则显得有些短促，连我此时的呼吸都有些急迫。西边如一位可望而不可及的红尘知己，东边则是可揽入怀的爱人。站在碧水桥上，凝望那静静的湖面，天空的色彩在湖面上随意涂抹，湖面如一张铺在大地上的画布，而时光是那位作画的人。是的，此刻是宁静的，只有我一个人在观赏那画布，色彩越来越浓，越来越暗，慢慢地，有一些亮点在湖面上闪烁。我的目光从东游到西，又返回东，感受着湖水的温馨，感受着两种不同的心境。夜色浓浓地将我包围，慢慢地把我溶解，化成夜的一滴，

远处的灯光亮了起来，忽明忽灭，那是夜的眼睛。明月在湖底穿行，微风拂过湖面，把月光的留痕揉得粉碎。我为什么不忍离去，是我的心绪影响了今晚的月色，还是今晚的月色影响了我？可平静的湖水却是真真切切地融化了我，堆积在心中莫名的伤感，正一丝一缕被她抽走，只剩下空空的一个躯壳。

今夜的我，已不属于我。

4

塞外十一月，风吹落叶，荒草萋萋，天空明亮而忧伤，白云遥不可及，原野一片残败。

一只横穿马路的宠物狗，没有到达它要到达的地方，就躺在了急速而过的车流下。我的心紧张到嗓子眼，停下来，回头去看，它躺在地上剧烈地颤抖，再也不能站起。这是十一月某日深秋下午三点，我目睹了一个活蹦乱跳的生命在我眼前的消失的全过程，风从它的身上粗暴地掠过。

曾经碧波荡漾的文瀛湖，如今已干涸。那是在花红柳绿清风拂面的夏天，我们曾站在湖边望不到湖的尽头，整个文瀛湖宛如江南的水域，

湖面上是条条晃动的小船，湖边是如烟如云的绿荫，阳光把温暖一片片洒在湖面上，空气中充满温馨浪漫的气息。我和爱人曾在湖上泛舟，夏日的阳光洒满她纯白的衣裙，她戴着宽大的遮阳帽，坐在船头，我努力地划着桨，绕着湖水欣赏那岛上的风光。

时过境迁，人非物更非，相同的地点，别样的风景和心情，无水的文瀛湖显得更加空旷，天湖之间横亘着苍黄而萧条的村庄和堤坝。三个人在文瀛湖底向前穿行，湖底松软，偶尔可见插入泥土中腐烂的鱼。湖水好像一下子都钻入地下，消失无影踪。千年的湖水，于今日终于隐退了她娇美的容颜。

湖心的小岛孤独地等待着谁的到来，岛上是一棵棵冷漠的白杨，地上落满了金黄的叶子，多少年了，那些叶子就这样不停地落下又腐烂，落下又腐烂，无人了解它们的寂寞，无人知道它们在岛上渡过了怎样的日子。往日孤零零的小岛，今日终于可以和湖边的陆地连为一体了，这预示着它将不再是岛，完成了它作为岛的历史使命。终于发现了一片面积不大的水域，它深深地隐藏在岛的后边，让人不易察觉。

远处的白登山有些消瘦，十一月的冷风中让人莫名伤感，感受是沧桑，是岁月的沧桑、季节的沧桑、人心的沧桑。偌大一个湖，只有三个行走的人，没有了水的湖，还叫湖吗，那就是一片陆地，但她分明还残留着一些鱼腥和水草的气味。是湖非湖，是湖人却在湖底行走，不是湖却又散发着湖的味道，再加上十一月的冷风，十一月阳光的无力，构成了十一月文瀛湖特有的风景。

文瀛湖这个浪漫儒雅的名字，其实早已深深地隐藏在我的内心深处了，她就像我多年前分别的恋人，只在我心里，在我生命里，我始终没有走出她的影子，我们是一个共同体，永不分隔。

现实四种

1. 琵琶女

我离她并不远，是要故意靠近她的。

我坐的桌子和她之间隔着一个鱼缸，鱼缸里有四条金鱼，它们在蓝色的海草中游来荡去。灯光的映照下，它们偶尔变成红色，忽有变成黄色和银紫色。

三个女子中，她坐在最左边，怀抱一古铜色琵琶。中间那个女子弹着古筝，右边的这个拉着二胡。她们都穿着紫色的长袍，古典而秀气。年少的女子，二十左右。完全没有那些90后女子的时尚和无所谓谁会爱着谁的放纵。

音乐依旧响着，她们尽情投入，怀旧的古典浪漫的乐曲弥漫在整个大厅。弹琵琶的女子，头不停地摇晃。《追梦人》的伤感动情，低沉悠扬，浑厚的琴声飞转流回。我只是个看客，她也许并没有注意我的存在。

我靠在椅子上,很绅士地端起酒杯,抿了一小口。烟开始点燃,长长地喷出一口,透过人群,看着她忘情的表演。金鱼不断在我眼前摇摆着,一会儿上升,一会儿下降,一会儿猛回头,健壮的身子碰触着透明的鱼缸。也许在这个人声鼎沸的厅子里,我是她唯一的知己,只有我会忘乎所以地听她动情地演奏。

我尽量调整我的坐姿,以便很清楚地看着她。她仍旧摇着头,很有节奏。纤细的手指不停地上下翻飞,额头的一缕长发遮掩着面颊。《茉莉花》的乐曲是如此的摄人心魂,仿佛有一根丝线不断地从心里抽出来,把人带到久远的时空。心在飞扬,血液泼洒在空间,花香鸟语蝶飞蜂舞。而她,琵琶女,琵琶在她手中已变成一把利器,无形的刀影闪过我无法自控的躯体。我的血肉正一点点被隔离。我必须镇定,猛吸一口烟,刺激我麻木的神经。而那鱼却自娱自乐,全然不顾人群的喧哗,清澈的水,绿绿的草,在那所谓的空旷里怡然自得。

我闭着眼,热闹的人群与我无关。觥筹交错、杯光酒影、嘻嘻哈哈、你来我往。那都是别人世界里的无聊之举。我抬头,忽然发现那琵琶女在望着我,她的眼神有些哀怨,却炯炯闪光,具有极强的穿透力。

手指仍旧不停翻飞,"大弦嘈嘈如急雨,小弦切切如私语。嘈嘈切切错杂弹,大珠小珠落玉盘……银瓶乍破水浆进,铁骑突出刀枪鸣。曲终收拨当心画,四弦一声如裂帛"。嘈杂的人群中,我竟是唯一如此专注听她演奏的人,东西左右酒意浓,唯有泪水盈我眶。我不是多情的人,却流着多情的眼泪。我不是为那琵琶女,她也不是《琵琶行》里的琵琶女,她的演奏把我迷茫的心弄得一塌糊涂,掀开了一些回忆的盖子,呛得我无法掩饰内心泛起的波浪。

鱼儿的安详宁静自在,让我的心稍稍平静。透过鱼缸的另一边,是不断晃动的脸,青春的脸、激动的脸、新人的脸、旧人的脸、他们的脸、别人的脸。我很想再看看她,那个忘情演奏的女子,怀抱琵琶的女子。

我起身，从她面前经过，我装作很从容，向那些世俗的人们轻轻地微笑。演奏琵琶的女子微笑着向我点了一下头，我却不能停留，一秒都不能停下来。我走过她的面前，我甚至再没有看她一眼，那委婉的乐曲在我的身后洒落一地。

我知道我只是个过客，一切开始的必将结束。

2. 遭遇麻雀

进办公室坐定，一个人修改那厚厚的一沓书稿。

阳光出奇地好，从十二个窗户照射到这个宽敞的办公室，满眼的阳光。

听得后面有动静，回头看，是一只麻雀落在身后的一张办公桌上。感到惊奇，窗户和门都是关着的，况且这是早晨，它是怎么进来的。我没有惊动它，继续修改。按以往经验，只要你一惊动它，就会拼命地飞，一会撞在墙上，一会撞在玻璃上，怕是没等逮住它，就一命呜呼了。即使最终逮住，也会绝食，过两天就死掉了。

正当我细心用笔勾画着，忽地呼啦一声，那麻雀飞了起来，我回头，它已大大方方地落在我右肩上。这让我有些措手不及，我下意识地耸耸肩，意思让它尽快离开，可它还是纹丝不动，我开始摇晃身体，它仍没有离开的迹象。这让我心底感到一丝丝温暖，它尽然如此信任我，似乎是有求于我。我用手去接触它，它便飞到桌面上，开始在桌子上跳来跳去，如入无人之地。一会抖抖翅膀，一会踢踢腿，一会伸几个懒腰，眼睛看着我，叫上几声。我感觉有些恍惚，想起一些民间故事，这是不是谁的化身，想念我，幻化成鸟来看我了。我端详着它，努力想它到底像谁，它的眼睛，它的动作，像谁？我想用手去抚摸它，它就是不让我碰，飞到一个水杯上，又飞到另一个水杯，想喝水，没想到那里是热水，它惊叫一声飞到窗台上。我于是把一杯冷水泼在地上，等了一会，它飞下来，开始用嘴去触碰那摊水，跳几下，喝几口，然后仰头看一看，跳几下，喝几口，仰头看看。

我又开始修改书稿。

过了一会，它又飞起来，落到桌面上，看着我，叫几声，跳来跳去。我开始喝一些感冒颗粒，倒在手中，它跳过来看了看，竟然吃了一粒。我知道它是饿了，把手边的一个栗子掰开，扔到它面前，它惊了一下，然后开始吃起来。由于比较坚硬，吃得很费劲。过了一会，桌子上留下了几处鸟粪，我用卫生纸轻轻擦去。想赶它走，因为影响了我的工作。想抓住它，放出窗外，刚伸手，它跳到一边，再伸手，它又躲过，我猛地探手，它飞了起来，落在灯管上，我便不在理它，开始修改。刚进入状态，它忽地飞了下来，落在我的左肩上。我想这下好，我走向那扇开着的窗户边，把左肩伸出窗外，意思这下就可以让它飞走了。嘿，它就是不飞，我用手碰它，它尖叫几声，飞回了室内。如此几个来回，我看它没有走的迹象，便不在放它走，继续伏案。

良久，我决定还是放它走，我知道它是一只刚出窝不久的鸟，对这个世界还不太熟悉。特别是它还没有警惕性，还很单纯，面对一些隐藏的危机，还没有防备之心，或是应对的能力。如果长久待下去，它会丧失应有的能力，况且，我这里人来人往，对它也不是太安全。

就在它又一次落在我肩膀上的时刻，我走到窗前，探出臂膀，用手一推，它便飞了出去，似乎还叫了一声，在我眼前一划，已辨不清它飞得方向了。

3. 珍珠

现在是深夜四点五十分，为了能全过程观看海上日出，我们的身影早早地出现在长长的海岸线上，那里已聚集了不少游人。柔软的沙滩留下了杂乱无章的脚印，阵阵海风袭来，浑身上下顿觉凉飕飕的。天边堆积了厚厚的云层，重重地压在了遥远的海平线上，像一座座突兀的山峰。

"天公不作美，恐怕看不到日出了。"有人说了一句。

大家的心顿觉少了兴致，便在海滩上光着脚丫随意玩起了沙子。海浪哗哗地翻滚着，带着大海的气息和温度，淹没了游人一串串脚印，随即又匆匆地退去，脚印被海水抹平，一些海中的生物留在沙滩上。

比如贝。它们在海中过着安静的日子，饿了，可以饱餐一顿海鲜，困了，就躺在深深的淤泥中沉睡或躺在海浪中随波漂流，尽情享受逍遥的时光。突然一阵海风呼啸，贝被卷入了巨大的海浪中不能自控，这突如其来的灾难！它们被无情地抛在了沙滩上，再也回不去了。

人们把贝捡起来当作纪念品，捡了许多，却又扔了许多。手中留下的是一些花纹美丽如彩云的贝，丢下的是一些丑陋的、暗淡无光的贝壳。它们被游人的脚踩来踩去，有的埋在沙滩里，有的干脆被扔得老远，幸运的又被扔回到海里。

这时捡贝人过来了，他们赤裸着上身，脖子上挂着网兜，脚上穿着蹼鞋。捡贝人弯下腰，捡起外形丑陋的贝，把它们一个个放入网兜，网兜的孔小且密。随后他们下了水，嘴里含着一根细管，潜入到海底。他们不停地在水中摸着，细管的上端露出水面，不断有气流带着水珠喷出来，节奏均匀，噗噗、噗噗、噗噗……

捡贝人挑选着海中贝，然后小心翼翼地把它们放入网兜。

"那里面有珍珠哩。"一个游人说。

"是我们脖子上挂得珍珠吗？"一位女士问。

"是的。"那人回答道。

大家似乎明白了什么，有几个开始往沙滩上跑，他们要找回被他们丢弃的贝壳，可最终是一无所获。

天边的云层渐渐地泛出了红晕，云淡处霞光四射。大家翘首期盼的红日似乎就要从海平面一喷而出了，人们的脚步开始向桥头移动。虽然云层还没有半点退去了迹象，可漫天的云霞就如那美丽贝壳的花纹一般。捡贝人仍在水中静静地游着，像一尾觅食的鱼那样聚精会神。

当红日终于挣脱云层把大海染成一片火海的时候，捡贝人也浮出了水面。走向岸边，他们用手掰开一只贝，从里面很熟练地取出一颗珠子，在一块布上擦了擦，珠子立刻闪闪发光，那就是珍珠。围观的人们开始投出惊异的目光，那样外形丑陋的贝壳内竟然能生出这般珠宝来，而自己手中那些美丽如彩云的贝壳内却是一堆稚嫩的软肉。

"其实这珍珠当初是一粒砂子。"捡贝人指着手中的珍珠对游人说。"是贝用它那柔软的肉体把砂子包起来变成珍珠的。"捡贝人又说。

有的人开始点头，表示有所领悟。

是的，是砂子钻进了那些贝的体内，搅乱了它们平静的生活。由于受到砂石的摩擦，竟让那些贝们忍受了巨大的疼痛，它们想摆脱那些可恶的砂子，可是最终没能如愿以偿。贝们开始默默把这些伤痛包起来，由于内心深处倍受折磨，它们渐渐失去了光泽，失去了往日美丽如彩云的外形，开始变得丑陋。

可它们却就此孕育出了闪闪发光的珍珠。

是一场突如其来的灾难让贝把生命中最美丽的部分献给了人间。

4. 夜的黑

喜欢夜的黑并不是一时心血来潮，或是无缘无由。当白日让奔波、忙碌、烦恼、噪声占有的时候，就只剩下夜的黑了，如果连夜的黑都没有了，那将是一种不幸。

我喜欢夜的黑，在那一片黑暗之中可以静心赏月，漫步在月色的朦胧之下，想尽一天的美事。无月的夜晚满天星斗交相辉映，轻风拂过面颊，飘来远处杨柳的气息，也送来蛙声一片，吸一口清凉的风，呼出心中的叹息，好不舒畅。

享受夜的黑，更多的时候是独守灯前，任思绪在笔下乱飞，为那过去的过去，回忆的回忆。写累了就推开窗户，让夜的黑慢慢包围，有月的夜晚就更好了，可谓：推窗风自涌，明月挂当空，问君几多愁，下笔已千言。

写作是一件累人的事，但却又如此令人执迷，在深夜的一隅，一个人低吟浅唱，全然不知窗外灯火正次第熄灭。心灵的歌唱伴随着夜色的加浓，沉浸在那些令人或感动或欣慰或缠绵的故事中，偶尔还有几许喟叹，甚或几滴眼泪挂在眼角，一个十足的性情中人。

"是黑夜给了我黑色的眼睛，我却用它来寻找光明……"

寻找光明是夜里最令人神往的事情，往往是一个写作者回归心灵深处的唯一途径。摈弃名利，抛下要职，让劳累的身子融入夜色之中，人世的纷杂已渐渐远去，让夜的黑归还生活的真面目；摘下面具，洗净尘华，让疲惫的应酬在夜色中隐退，人性的善良正缓缓漫来，让夜的黑放飞心灵的真善美。

感激夜的黑，让我有一块心灵得以休憩的园地，远离世俗的气息与诱惑；感激夜的黑，让我有一块属于自己的空间，去放牧心绪，晾晒心情。如果你以一颗正直而无邪的心去面对世界，那么夜的黑将带给你无限温馨；如果你以一颗沾满铜臭和狡诈的心去面对他人，那么夜的黑将让你无法入眠。

往往有黑白颠倒，本该是阳光普照，但却留下阴影，进行着比黑夜更黑的交易，事情的真相被掩埋，真理无处诉说，让无辜者受害，让肇事者逃逸，正义之剑竟也无所适从。但也往往是在夜里，让那些害怕光明到来的不义之徒得以畏惧和忏悔。

划过夜空的流星，是一柄闪光的利剑，必将让心虚者胆战。

夜的黑，是一张让善恶美丑都原形毕露的无形之网，享有黑夜的权利是人生一大幸事。

情绪五种

1. 说话

去年清明，我陪一个五十八岁的文友到陵园去看他的父亲，天色灰蒙蒙的，似乎要下雨。陵园的门口，人们进进出出，脸色各异，严肃冷峻。

文友抱着他的父亲，从管理处出来，庄严得很。他边走边看那个盒子，小心翼翼地放在一个平台上，用手摸摸，还俯下身用脸亲了一下。然后抱起继续往前走，因为附近的台子上已经排满了人，拐过一个弯，前面是一棵槐树，槐树上有个很大的鸟窝。走进一处封闭的小院，那里人少，他又把父亲慢慢地放下来，轻轻地摆在那里。旁边的几个正在那里烧纸，燃烧的纸灰随风飞舞，像蝴蝶。远处不断传来哭泣声，很悲痛，我的心不由地一阵比一阵紧。

我们的右边是一个年轻人，他一个人站在那里，什么也不说，只是站着，时而低头看看，时而抬头看看父亲的遗像。他的脚不停地左右磨擦着地面，以至于他的身子也不停地摇摆着。是的，他一个人，站着、摇着，问题是就他一个人。我长久地注视着他，想象着他的母亲在哪里，他有没有兄弟姐妹，他看上去还是个学生。

人渐渐地少了，哭过了，烧过了，一个一个把自己的亲人抱回去。

文友也抱着自己的父亲往回走。我跟着走出那个小院。问题是下雨了，是两点三点的小雨，我们都撤了，而那个年轻人仍然在那里站着、摇着，脚还在磨擦着地面。

我想那是他和父亲在说话。

2. 寒露

昨夜下了雨，今日天空像水洗一样干净明朗。

又是下午，下午是最适合一个人幻想回忆的时刻，最好不要刮风，也不要下雨，阳光应该更明亮些。这样一个人坐在沙发里，喝着茶，看着书，看着远方的风景。远方有什么，是深蓝色的群山，还有叶子发黄的北方树种。颜色是有层次的，首先是黄色，那是草木和土地的颜色，然后是墨绿，那是松树的颜色，还有蓝色，那是天空的颜色。有几处地方冒着烟，那是电厂的烟囱，还有田野里点燃的杂物。

我站在办公室一侧的护栏中，凭栏远眺，享受阳光暖洋洋的抚摸。此时的阳光已经不那么刺眼了，有点发黄了，这个时刻最值得回忆的应该是童年。那无数个这样的下午之中，在家乡的田野里，那些伙伴们一路打打闹闹，脚印踏遍乡村的角角落落。在乡村的一旁，有无数黄土被水流冲刷的只剩下瘦骨嶙峋的骨架，而在那水流之中，有许多白骨。死去的人埋进黄土，多年后，又被水流冲出一道道缺口，当一切均已腐烂，唯有骨头留在人世。所以就有这样一幅画面：一群孩子在水流和黄土之中玩耍嬉戏，他们跑着跳着，夕阳正西下。

回到宿舍，显得空荡荡的。昨天的这个时候，儿子刚刚放学回来，一会玩剪纸，一会玩那些早已缺胳膊短腿的玩具，一会又跑到院子里，嘻嘻哈哈。妻子忙着出去买菜，一会说着学校里的事，一会又到邻居家串门。我忙着做饭，然后是一家人坐在一起，吃着、说着、笑着、看着，时而挪挪椅子，时而搬搬凳子。而这一切都已成过去，仿佛一切还在刚才，转眼间虚幻成无有。我摸摸那床被子，还有他们睡过的余温，儿子和妻子的拖鞋整齐地摆放在床下，再也不会穿着它们在这个地上走动了。想想昨天这个时候，天阴沉沉的，将要下雨，妻子领着儿子走出学校大门，留给我一个匆忙的背影，那个背影定格在我的回忆中。虽然他们只是到了另外一个地方去工作和学习，虽然我们还可以天天见面，虽然在这里只是短短地住了一个月，可这一切绝不会那么轻易抹去。

我一个人将要等到什么时候，等待会不会漫长，我坐在沙发里，喝着茶，觉得这一切终究是一场虚幻的梦。一个人在梦中，千万不要醒来，就这样梦下去，直到终结。

坐在办公室里，一个人，冷冷清清。电脑里放的是《等一分钟》，等一分钟会出现什么，等十分钟又会是什么，多少年了，我始终一个人在等，可等到的依然是忙碌和寂寞。

如果生命没有遗憾，没有波澜，你会不会永远没有说再见的一天，可能年轻的心太柔软，经不起风经不起浪……我在等一分钟，或许下一分钟，让离别成永远。

寒露微寒。

3. 下午

窗外下着雨，屋内显得有些冷，我们一边品茶一边听着那些经典老歌。

书桌前是纸笔墨砚，一些书册随意地散落在桌子旁边。墙上挂着水墨山水画，一切显得是那么的随意，一点也不做作、不嚣张、不时尚、不落俗。

多少年了，我们少有这样的时刻。总是忙碌着、忍耐着、奔波着，经受着委屈。在那些冬日的阳光、盛夏的酷热、迷茫的前行、落寞的叹息之中，隐藏着我们多少的青春和泪水。十二年前，你来到我的宿舍，坐在我的床前，和我探讨着那些隐晦的诗句。年轻的心，年少的激情和欲望，一一呈现。随后我们各奔东西，有的人带着自己心爱的诗歌离开这个嘈杂的人世，有的人被现实的利剑击碎了心房，有的人守着自己的出口徘徊不定，有的人被世俗的爱情浸染得毫无激情。是的，你我都坚持着各自的方向，在寻找着那个诱人的出口，当年的诺言会不会就此搁下。谈到诺言真是可笑，在这样一个无法把握自己方向的人世航船之中，还谈诺言。诺言把我们牢牢地束缚，让我们无法看清身旁的风景，一次次地被击打、被抛弃。

如果没有雨，这个下午注定是一个平常的下午；如果没有茶，这个下午也注定是一个不值得记忆的下午；如果这个下午不是你和我，那么这个下午注定也不会被记录。

秋雨密密地下着，偶尔有车经过，窗帘轻轻地遮着。

那首歌正随着雨纷纷飘落：

如果明月无心那天空不会下雨
如果大海有情沙滩不会沉睡

你就像那大海我就是那明月

明月有心大海无情

……

4. 香火

两个月来，自己曾无数次坐在这里，是想安抚杂乱的心，想静一静。

前来烧香的人不断，有老人也有小孩，有年轻漂亮的女孩也有中年男士。

香火已经延续了几千年，其实那点燃的不是香火，是几千年的历史。我就静静地坐在一旁的铁凳上，闻着那味道，恍恍惚惚，飘飘然然。我看着他们，那座高大的观音石像高高地站立在这个湖心岛上。淡淡的微笑，俯视着芸芸众生。

我只是想来坐坐，我把石像看作是我的一个沉默的朋友，我需要倾诉，可我什么也没说，但分明觉得心情舒畅了。

都是些退休的老人在这园子里唱着歌跳着舞。我是唯一的年轻人。每个上午阳光泼洒在湖面上，发出耀眼的光。生活是真的美好啊，想想过去忙碌的几年，有多少明媚的阳光流水一般去了。顿感幸福得不得了。

那只水鸟不停地钻入湖中，一会又探出头来。几条大一点的鱼跃出湖面，发出"啪啪"的声响。

我是需要来坐坐的，和一个不说话的石头。

那间房子就坐落在湖水的中央，主人是一男一女，四十多的年龄。房子里卖香火。长长的曲曲折折的木梯走廊，横在湖水的上面。男的每天要清扫观音石像的四周，有时还用水洗。他每天照例是头顶高香从房间里走出来跪拜。

我就这样面朝湖水，坐着，背对着观音石像。

有时我也会看见有中年男子坐在石像旁边的椅子上。低头冥思，抬头观望。

我希望被这秋天美好的阳光埋葬，或干脆也坐成一尊石像，永远立在这里，陪着菩萨。微笑着看那些来来往往的男女们。

5.死亡

我感觉自己已经死亡，可背部隐隐还有些疼。一个说，再给他一枪，枪响后，我重重地倒在地上。没有一丝疼痛，觉得很舒服，就像吃了些糖一样，或是躺在一张舒服的大床上。一切都抛下了，一切都不用去操心了。我躺在地上，看着周围的人们。他们都很惋惜，觉得我太年轻了，就这么死掉了，可惜啊。

那些所有的往事都烟消云散了，我忽然觉得后悔起来，许多事还没有做，就这么离开人世，我不甘心。当初那么的不可一世，那么踌躇满志，那么多的人流露出羡慕的眼神。我风风火火潇洒的回头已不在了，我那些写满纸片的文字，还有写到一半就夭折的，还有即将要写的都统统地离开了我。最让我伤心的是，我的妻子和孩子来了，妻子抱住我大哭一场。我抚摸着我的孩子，他还是那么小。我跟着他们回家，拉着他们的手，儿子还小，我伤心得几乎要哭出声来。

我躺在母亲的炕上，还是那条记忆中的土炕，许多人来看我，他们弯腰朝拜、磕头。我想是谁为我洗了身换了衣服，把我的尸体放在这里。我忽然想到，在这里我只能短暂停留几天，几天后，我将到哪里落脚，一股莫名的悲伤又一次涌上心头。

已经是凌晨了，我不知道自己是醒了还是在梦中，梦和现实已经不能分清。一时间觉得所有的一切已不是那么重要，一生太短暂，要好好珍惜。自己所努力的一切必将离自己远去，都不会跟随。

我的眼角渗着泪滴。

旧年的抒情

1. 夏日之别

春去，春又回，萌动的心情激荡了季节的沉重。

伟，燕子又飞回来了，我们要走了。明天，一线将隔天涯，多年以后的我们是否还能保持着这种默契的情怀。

你说人生是大起大落，根本没有永恒的光环。花落成泥香如故，此去经年陌路。伟，你执着、刚毅、机警、倔强。我干涸的心灵曾被浇注，疼痛的伤口曾被抚平。我们同乘一叶扁舟却编织了不同的梦幻；你选择了沉默，我忍受了寂寞，看着你为未来而焚身的姿态，伟，我好感动呵！

昔日同窗伴君读，今日握手道别离。

伟，我相信沉默的日子是酝酿的历程，我等着你的好消息。

岁月的河水悄悄地流，带走了青春好年华，刻下了铭心的相思。伟，在多情的五月，我会为你而深情歌唱，为你而永远祝福。

睡在我上铺的兄弟，请拿起你的箫，与我同奏伤离别。

今宵月色轻如纱，微风阵阵袭良梦。

好兄弟，请问情歌为谁吹，相思为谁愁。多年的情结怎能就此了之，无数个静夜的相伴，情深谊更浓。

春暖花又开，燕子伴云飞，恋人可归来。你的苦苦寻觅是否已停泊，亲爱的兄弟，人生随缘便是美，何必去苦渡相思的恋海，珍贵的青春，岂能让之付东流，岂能兀自空悲叹。

还是跳起你狂妄的舞步吧，让我看看你放纵的情感，究竟有多狂野，体味你心底的千千结，究竟有多深厚。至少与我共缠绵，与我同酣醉，但愿长醉不复醒……

好兄弟，请拿起你的箫，与我同奏伤离别。

风也从容，我也从容。我从人群中走过，不留下半点尘污。

拥有这种心态，便暗生一种无奈，轻轻地触摸心绪，飘然无存。

不想留下太多遗憾，却偏偏又让我背负一切。书写着记忆，清洗着灵魂，我不仅仅在演绎一种生命，同时也在诠释一种人生。

风在吹，谁的泪，这一天这一夜如何追悔。

当年的诺言就在今天上演，我该怎样去面对那孤守的自我，无数个日夜的灯下静坐，我收留了凄清，也收留了欣慰，任凭着窗外的一切自生自灭，何去何从。

靠近疯狂，才能寻觅生命的真谛，这是不是我终身恪守的箴言。真想把那些失意的夜晚连成诗篇，让心灵再次得以净化，无奈心绪如海，风起潮涌。

失去的不在拥有，举起手，向往昔作别，保持一种镇定的姿态，抹去那些风中的岁月。

我从容地转过身去，任泪水在眼前飞扬。

当我唱起着歌，怕只怕泪水轻轻地滑落。

你是否能够记得，那个相识深秋的午后，你我握手致意，从此握住了一世的情缘。

翻开昔日的日记，那由无数个日夜酿成的醇酒，该如何饮下；那由无数次花开花落连成的诗篇该如何拣起，而那串起的几枚闪亮的珠贝，今夜，能不能伴你入梦。

"轻轻地我走了，正如我轻轻地来。"那是谁在低声吟唱，为什么如此缠绵而摄人心魂。那是谁呀？那是谁！为什么昨天的故事，今天依然被传诵。

我怀着风雨无阻的心情，穿过那片绿荫，想使自己再潇洒一点，嘴里却念念有词："相见时难别亦难，东风无力百花残……"

记忆的河畔，谁是我思念的主角，那个春天的傍晚，能否充当我一生的风景。

三楼那个海蓝色的窗口遮挡了太多的故事，今日莺歌燕舞，灯火辉煌，明日谁主沉浮。我怀着"壮士一去兮不复返"的悲壮伸手和恩师一一作别，和那些在艺术道路上曾相伴的友人们作别，和那些幽幽暗暗、轰轰烈烈的日子作别。我知道，思念的河流从此会漫过我的心间。

心绪如海复如潮。

挥去的是一段岁月，挥不去的是你纯情的笑靥。在一个飞雪的午后，我会在一间寂静的小屋里读那些祝福的言辞和那些温馨的相片，我会把那些记忆的柳丝编成我今生难忘的花篮，珍藏在生命的源头，随思念的河流漂向远方为我祝福一生的你。

思念是痛苦的回忆，思念是无言的孤守，思念的日子是心与心的相视无语，那呼啸的寒风将吹动谁的长发。

思念就像一条河。

思念就是一条河。

2. 俗世光影

（1）

多少年了，我一直盯着对面的山坡。一个人独处的日子，山坡便成了我的伙伴，我一边写下不知所云的文字，以驱赶内心的寂寞，一边盯着对面的山坡，以慰藉心灵的浮躁。

春天好像并不遥远了，我放下手中的笔，去读那面雪迹斑斑的山坡，它为什么要横在我的眼前，如果没有它，我将会看到什么？终于有一天，我爬上了山坡，寒风将我包裹，我看到了山坡以外的山坡。

多年前，我和父亲坐在山坡上的一块岩石上。父亲说世界好辽阔，只可惜浓烟滚滚如波浪，他用手指着一个地方，说那个黑点就是我们的家。我唱着山歌，捡起一块石头抛向远方。

是的，很多年了，我就这么坐着，等待着那积雪的融化，我知道，雪化的时候，就是我该启程的时候。那阴冷的山坡此时已照不到一点阳光，下午四点的阳光，在这个不算寒冷的冬季显得苍白无力，显得那么遥远却又真实地穿过玻璃，洒在书桌上。

我不知道我为什么如此执着地等着，我不知道我的朋友们是否也像我一样翻开儿时的照片，或翻开一页浪漫怀旧却又伤感快乐的文字，不停地读着，看着，直看得恍若隔世，读的欲罢不能。

现在是下午四点，阳光照在我的书桌上。而我不在书桌旁，我怀里正抱着一个熟睡的婴儿，他是我儿子，静静地躺在我的怀抱里。我不停地摇着他，摇他的时候我还在盯着对面的山坡。这就是岁月，岁月正准备拿起刀刻下她在我脸上的又一道伤痕，我惊叫了一声，不！声音像那阳光一样苍白无力，刀光已闪过，我抱着孩子竟然哭了起来。

桌上摆满了照片，我左手拿一张，右手拿一张。一张是八个月的男婴，另一张还是八个月的男婴，一张是坐相，一张是睡相，坐着的是我，睡着的是我的儿子，我把它们放在一起，它们之间整整隔了三十年。

我又一次拿起笔。阳光离山顶还有一小段距离，我在这个寒冷的冬季写下不算寒冷的文字，迷茫得一塌糊涂。妻子抱起睡梦中哭醒的婴儿望着我，我从来没跟她说起过我的秘密，我想春天不远了，等到雪化了，我会带她到山坡上去走一走的。

（2）

我推开家门，却没有看见你，等我转过身来，你探出头向我做了个鬼脸。你躲在门后，跟我捉迷藏，就像童年的伙伴。

你和我坐在床边，两个人待在一间别人的房子里，吃着自己的饭菜，你说这张饭桌还是楼下借给的呢，我说这是书桌不是饭桌，你笑了，我哭了。

黄花开了，在楼下，一大片一大片的。你说我们出去走走吧，要不然春天就过去了。我们就这样走着，从东门进来，从北门出去，穿过花园的时候，你说要为我拍一张相，我摆好了姿势，你却放下了相机，你问我为什么一脸的忧郁。

夜深了，我仍旧坐在饭桌旁，一个人不停地写。我从西屋挪到东屋，从凳子上重新坐回到床上，我一个人不停地写着。我想我是个软弱的人，我为什么感动，难道还有比你的哭泣更令我揪心的吗。我仍然停不下手中的笔，直到自己哭成一个泪人，不得不躺回到床上。

那片树林，我们曾无数次经过。我们的故事在秋季开始，地上落满了黄叶，两个人，两个陌生的人在二十八年后重逢，你在这里等了我好久，而我却走了很远很远的路才来到这里。我们就在这树林边住了下来，我说这是宿命，你说这叫追寻。

终于有一天，我推开家门，没发现你躲在门后的身影，我找遍了家里的角角落落，你不知去向，我喊你的名字，我不停地喊，直喊的声音嘶哑，不得不坐在地上。我终于感到，你对我是多么重要，我不能没有你，我决定去找你，哪怕流浪到他乡，我绝不会回头，因为我知道你肯定在远方等着我。

我知道这只是一个梦而已，醒来时你依然在我的身旁。月光照在你白皙的脸上，窗外一片寂静。

二年前的这个夜晚，我们去观灯，围着燃烧的旺火疯狂地跑着、跳着。

一年前的这个夜晚，我们去赏月，走在银白的月光里，你听我唱着伤感的情歌。

今天的这个夜晚，我们要离开，离开这个居住了两年的地方。面对空空的房间，我站了好长时间，你说走吧，这个夜晚将隔开一段岁月。

就在今夜结束一段往事，就在今夜开始一种生活。

（3）

我为什么要这样走下去。走着走着太阳就落山了，我想找个人说话，可身边除了石头还是石头，我就这样走了好多年。

一个人待在一个房间里，窗外已是一片漆黑，夜晚又一次降临了。白日的喧哗还停留在墙角，我摸了摸桌上的玻璃板，那里有一张拍于夏日的集体照，充满了阳光，阳光妩媚的让人心碎。

我走着，在路上，天边的晚霞映红了我的半个脸。我哼着歌，装作若无其事，这么多年了，与我擦肩而过的人已不计其数，可他们都不是我的朋友，我的朋友始终和我天各一方，我几乎快要把他们的脸遗忘。

我写下一九七八年死去的家犬，写下一九七九年老屋后院的一场大火；写下一九八〇年母亲的病痛，写下一九八一年一所破败的乡村小学。

我还写下一九八六年的飞鸽自行车，写下一九九三年的永恒诀别，写下一九九六年的一场重大失恋，写下二〇〇三年岁末的迷茫与无助。

一个面目肮脏龇牙咧嘴的疯女人就坐在那块石头上，远远地冲着我笑，笑时她还在不停地嗑着瓜子，她认识我吗？她身旁的狗朝我摇了摇尾巴，我顿觉全身暖烘烘的。

更多的时候，这条路上充满了风声，风一次又一次地卷起我风衣的下摆，使我有一种悲壮的感觉。风啸啸兮路漫长，文字激昂兮云飞扬。

可你就这么一直笑着，笑得我不知所措。你说我两天没刷牙了，脚也不洗了，整天若有所思，应该到外面去晒晒太阳了，不然会生病的。

你又说春天快到了，到时候一起去爬山。我的眼睛顿时亮了起来，我知道我们将不谋而合。

（4）

我当年就读的乡村小学，现在已变成了民房，一群乡村妇女就坐在学校的大门前，谈论着一些无聊至极的话题。而那条河流依然欢快地流淌，我穿过果园，犹如穿过童年的隧道，河流就从我的脚底一滑而过。

乡愁是什么？乡愁分明就是老屋门前刻在砖上的一行文字，就是长在老屋房后墙缝里的一棵小草。我用双手抚摸着那一截断墙的石头，还有那深埋在地下的一段木桩，然后快速离去，我仿佛听到一声童年的哭泣从身后传来，一下就击中了我脆弱的泪水。

而我的漂泊才刚刚开始，我走过的地方，长满了杂草，一片荒芜的景象。当年的宿舍已是人去楼空，破败的窗口洒满了琐碎的阳光，老槐树的叶子已蒸发掉了最后一滴水分，残留在枝头等待一位游子的脚步缓缓移来。

十年前的一次离别注定成为永恒的离别，我把浪漫、善感、狂妄统统地抛在了身后，走的是那样匆忙，那样迷茫。一九九三年，我踏上了新的征程，从一种孤独走向更大的孤独。这就是一个人苦苦的追寻。我怎么能够那样轻易地把童年丢在乡间的小路上，然后带着乡愁四处漂泊，写下令人挂肚的文字，躺在他乡的黑夜里，望一望夜空的明月，竟也是一腔离愁别绪。

今夜的灯火忽明忽暗，我脚下的土地是另一个故乡。我终于发现深藏在心中的灯火竟洒满了异乡的午夜，走一路，歌一路，一路走来皆是故乡，人本来就没有故乡，故乡只是我们用来抚慰自己心灵的一种精神寄托。

3. 生活底色

一直还记得十年前的那个秋天，那个公园，落叶垫满脚下。

你骑着单车，来了。从此缘分开始了，欢乐也好痛苦也罢，都过去了。

一直还记得那个大佛，我牵着你的手，感觉是那么的幸福。站在大佛的面前，我们没有拍照。而那一个月前，我只身一人来过，是失恋吗，是无奈吗。我一个人和空气合影，和大佛合影，和一脸勉强的微笑合影，和一千五百年前的爱情合影。

一直还记得，那个晚上，我们像两只快乐的小鸟，围绕着熊熊燃烧的大火绕来绕去。人群那么多，灯火那么璀璨，人间的欢乐充满夜色。

一直还记得那间房子，阳台窗户没有玻璃。冬天的寒风呜呜地刮过，带着偶尔飘零的雪花；春天的风沙从阳台上穿过，敲打着早已被风霜腐蚀的窗棂；夏天的房间里酷热难耐，两个人就躲在那个小小的屋里，却也生活得有滋有味。墙上挂着百年好合水晶照，我轻轻地扶着你的腰，我们都微笑着，用甜蜜的笑容来回报着生活所给予我们的一切。在那里，我时常站在厨房的玻璃门前，看那高远的天空，写下许多优美而忧伤的文字，熬过无数个缠绵的夜晚，为笔下人物的命运，也为自己多年内心不灭的火焰和诸多无奈的选择。而你曾多少次躲在门后，趁我不备，朝进门的我做上几个鬼脸，或是躲在屋子里，和我捉迷藏。

一直还记得那个灶台，用油漆轻轻地刷过。一张床，一台电视，一个饭桌兼书桌是楼下借给的。

一直记得我扶你到楼下，然后去医院。医院里，我扶你在产房外等待。走来走去，走去走来。一直记得你进去后的背影，仿佛今生的永别。一直记得你的叫声，那么的幸福和痛苦。看着孩子那么小，我像看到我自己，仿佛又一次重生。一直记得你很久才出来，血液不停地从你身体里流出，你脸色苍白。

一直还记得，在离开租住地的那个夜晚，我重新清扫了那个房间，拾尽了地上的一片纸、一个线头、一根头发，取下了吊挂两年的拉花，还有贴在玻璃和屋角的喜字。我想把房间一切关于我们的信息都带走，包括我们的体温和我们曾经的呼吸。站在收拾好的房间里，看着这个当初陌生而今却有了恋恋不舍之情的屋子，心头顿时涌上了无法言说的感觉和滋味，我们把一生最美好的二人世界留在了这里，这绝对是一段无法重复令人怀念的岁月。我把房门关好，慢慢地拔下钥匙，然后开始下楼，我知道，我们从此将永远告别这里，开始崭新的生活。走在散发着丁香花迷人香气的石板路上，我们手挽手融进朦胧的夜色中，谁也没有说话，只有嚓嚓的脚步声响在耳边，深蓝的天空中星星不停地眨着眼睛，两只小鸟忘记了忧愁，行走在温暖的夜色中。

一直还记得那条路，我们走了无数遍。正午的阳光白花花的，有些刺眼。我的爱情、青春、彷徨、失落、喜悦、无奈、绝望统统地踩在那里。我们所有一切的喜与悲，都留在那条路上。那条走过的路现在已是杂草丛生，烂石成堆，那些足迹，那些叹息，统统地被岁月覆盖。那些欢声笑语，那些踌躇满志，那些风、那些雨、那些雪花、那些失望希望观望绝望，都成了永久的回忆。

一直还记得，文瀛湖泛舟、桃花山烂漫、花塔村纯朴、千佛山奇峰、六棱山攀爬、云峰寺驻足、杀虎口沧桑……

是的，我记得，一直还记得。你说这么多年我心里原来一直没有你，猛然间你哭了，猛然间，一切那么的陌生，那么的不真实。忽然觉得十年的生活似乎都失去了情感，就像一个活生生的人一下子只剩下了一幅骨架。

我哭了，很伤心，十年间仿佛是一场梦。才发现这种感情那么地珍贵，任何情感都不能代替，有时竟然幻想当你突然离开我，离开这个世界的时候，我该怎样去回忆那一段段往事。人世间短短几十年，珍惜每一个有缘人，珍惜每一次相遇，付出就不要后悔，只因时光太匆匆，我们都来不及停留。

多少次来到那个公园，已找不到当初的那一刻。再次回到那些曾经走过的地方，风景不再，风依旧。这就是一个人走过的岁月，那些我们当初认真付出的情感，都经不起岁月的打磨，时间正默默地把许多珍贵的记忆带走。当我们再回到那里时，发现我们曾走过的日子，似乎什么也没有发生，除了增添一些荒芜和灰尘之外，世界原本就是这样。

一直还记得，那些当初的承诺，正一点点支离破碎，我们原本就承诺不起什么。才知道千万不要轻易去承诺什么，因为我们有时是那么的无奈。一心想抛开杂物和杂事，去找个安静的地方，守着一堆书，过一辈子。世界一直诱惑引导我们去努力，直至疲惫不堪伤痕累累，可我们仍旧发现所拥有的是那么的微不足道。当平淡的爱情化作亲情，我们却抛开亲情去寻找爱情，当爱情被玷污或扭曲，我们的躯体已是一具空壳，已经麻木的没有知觉。我们都丢失了自己，找不到出口，任由水流冲刷，才发现人们都手舞足蹈，近乎疯狂地在水流中跳着没有秩序的舞蹈。

一直还记得当初出发时的誓言，短短几年，就让我们把那些誓言遗失在风中。这不是谁的错，我们都没有错。历史本来就是这么写的，我们被历史裹挟着，不由自己。渺小吗，有谁记得，历史上那么多高高在上的帝王，那么多驰骋沙场的将相，你记住几个，如今他们又在何方？那么多缠绵悱恻的爱情，那么多经典浪漫的传说，有多少留在我们心中。我们何不书写自己的神话，编织属于自己的浪漫。

　　一直还记得，其实一切正渐渐淡忘。

　　一直还记得，终究不再记得。

与爱情无关

1. 一日

无法克制这种心情，有阳光的下午，我喜欢在窗前无休止地怀旧。

与春天有关的事物一一呈现在我的面前，我习惯于陶醉在这种幻景中，不，准确地说是沉浸在那些使人想留又无法留住的人生片段中，像一张旧照片一样，记住的往往是照片以外的事情。

一个阳光明媚的下午，一封来自Y校的信放在了我的办公桌上。我惊异于我的平静，我并没有急于拆信，忽然想起了那个地方，想起了一些与之相关的岁月与文字，甚至想起了从宿舍楼到教学楼要走二百四十六步，从一楼到三楼教室要上七十八个台阶。我又下意识地想起了什么，但又无从描述，这样的场景似乎几年前就有过。我把视线转向窗外，窗外已非昨日风景，从遥远的追忆回到现实中，拆开手中的信，信的右下角是一个署名枫儿的女孩，我认识她，写得一手好散文。信中这样写道："左兄，别来无恙，一年的思念尽在这字里行间，自从你们走后，Y校的文坛沉寂了，许多新面孔看不熟，以致湮灭了我创作的激情，幸亏老于留在校办，要不真不知该如何度过这最后一年……"

终于在一个春天的上午，我抑制不住埋藏已久的愿望，驱车赶往Y校。我本打算不再去的，一年前离校时，我透过车窗望了那绿树丛中白色教学楼最后一眼，就暗下决心这是最后一瞥，因为她给了我一次夏日伤感的眼泪。但我还是来了，我知道我不会看见那个云一样飘逸的女孩了。

昔日景色依旧，只是添了几条宽整的路面。身边过往的是陌生的人群，二十一号楼前，我停住了，319，那里面曾装着我和七位兄弟的歌声与欢笑，而今一个陌生的面孔在向下张望，酷似当年的我，海蓝色的窗帘依旧在窗前飘着。我忽然想起了我曾写在《毕业纪念册上》其中的一段：三楼上那个海蓝色的窗口，遮挡了太多的故事，今日莺歌燕舞，灯火辉煌，明日谁主沉浮……是呀，今天谁主沉浮，他们是否也在重复着我当年的故事。

和几个旧友打过招呼后，我忽然感到自己身份的变化：一年前，我是一名象牙塔内的学子，而今要为人师表，与一群花朵为伴。不觉走到阅报栏前，那上面有Y校的校报，我看到了黑桠兄的《漂流的全部》，诗风独树一帜，不减当年，不知他现居何处，过得还好吗。其他诗文都是新人之作，质量确实不低，几年前，我也曾在此阅读了我的处女之作。在这块净土上，不知有多少先辈走过，他们现已成为报社编辑、记者，有的出了文集，有的入选了市、省乃至中国作协会员，如今这块沃土正培养着一批又一批幼苗茁壮成长。

几杯酒下肚，老于向我介绍了现校报副刊编辑石图，九六级中文系学生，曾在《星星》《诗歌报》发表诗文。坐在我对面的这个写诗的男孩，面目清秀，文雅的很，一副金边眼镜透射着诗人的气息。于是，我感到 Y 校潜在的文学氛围，感到了火山喷发前沉默的力量，狂风到来前跃动的气息。高原风、雪野两个文学社是 Y 校的两股春潮。作为全省八大文学社团之一的 Y 校文学社，正播撒着春天的希冀，与面前这两位知音相遇，我没有辜负此行。

走在夜幕下的 Y 校小径上，远方教学楼一片灯火。一阵风儿拂过面颊，忽然觉得我根本未曾离开此地，好似离去的一年只是短暂的一天，所有的一切尽在昨日。走上三楼，原来所在的班级现已是一群群陌生的学子，世事变化太快，一切恍如昨天。319，中间第一个位子上有我当年求学的身影，就是在那张课桌上我写下了《命运之曲》，整整一百多行，当然无法与大诗人昌耀的《命运之书》相比，但它却反映了我的心路历程，至少记录了我当时的精神困惑与对现实状态的无奈。

诗中这样写道：

> 挡住焦渴／挡住命途中的深创／流动的液体切痛完美的肌肤／遥望的远方之远／来自内心的伤痕／我血液的方向，能否挽回我一生的忧郁／／不朽的诗歌仍在奔跑／我心力交瘁，无力偿还／坚硬的质地，盐的声音／我和流水交换思想，伴着音乐净化灵魂／既无归期，又无终点／隐痛比夜还要深，比时间更苍茫／乐曲在燃烧中腾跃，生命在乐曲中消殒……

一切都会过去的，过去的一切是美好的，美好的一切是无法挽留的，正如我们无法留住青春的容颜，无法让岁月凝固。回顾生命中的每一个春天，我们有美不胜收的喜悦，有逝者如斯的无奈。

翌日，我便匆匆离去，结束了这次偶然的造访。一种伤感的心情油然而升，似如当年离去一样，可我并未回头，决心与往事干杯，去沐浴新的阳光雨露，去迎接新的胜利曙光。

从春天到春天，是我行走的全部。

2. 又一日

我们选择了靠窗户的一张桌子。饭馆不大，我甚至忘记了它的名字，饭桌也不高档，显得很简朴，木质的桌面没有华丽的外表。

我和静若水来到这里的时候，井底蛙已经在宿舍里等着我们了。又一次回到母校，感受依旧很特别，十年了，离开的十年，我曾多次回来，或是为了学习，或是为了会友，或是什么也不为。每一次的感受都是难以描述的，一个人对自己的母校就如他对自己的故乡一样，只是感到亲切，不管离开多少年回来，总是觉得那么的熟悉。虽然过往的人群你都不认识，虽然又新建了不少高楼和新修了许多道路和花园，或者是新栽了树木和新种了花草，但这一切并不影响你对她的感情，你依旧觉得一切都很熟悉，这就是感情，更多的是一个人对美好往事的追忆，还有许多说不清道不明的因素在里边。

十一月的大同，显得很冷很瘦，就像一张褪了色的老照片，也许这就是它的本来面目，当季节褪去它的外衣，当花草树木卸下它华丽的浓妆，一切都显露出本质的内容。是的，当自然界显露出它的本来面目时，人们却是把自己严严地包裹起来，而当自然界把自己丰满起来后，人们却使劲地脱去自己的外衣。

井底蛙的婚姻依旧没有着落，朋友们早已对此事厌倦了、麻木了，甚至觉得他结婚是一件不可思议的事，他要是结婚了是不正常的。这样挺好，但愿他永远不要结婚，因为他的结婚将会结束一个时代，这是不是有点对他的残酷。一个三十多岁的男人，有过多段情感经历后，实际上他的情感已经变得麻木了，已经没有了当初的激情和好感。我佩服井底蛙，他永远是那么的平静，好像这么多年从来都没发生过什么，当那

115

些人们相继离开他之后，他反而有了一种练达的外表，让你看不清他到底是失落还是无奈，是失望甚或绝望。只有他单身宿舍墙上的那副毛泽东的狂草《卜算子·咏梅》和《木兰从军图》还能找到当初的留痕。

静若水坐在我的对面，她是个十分感性的姑娘，高高的个子，说话幽默风趣，为了感情，她竟然也是那么的伤感，诉说着自己的情感经历。她的眼睛和窗外十一月的天空一样充满着难以言说的隐痛。井底蛙情绪有点高涨，从山东二哥向徐静蕾求婚，说到了余秋雨的文化散文被他人的种种扭曲，说了很多，最后的总结词为：我们都是些有病的人。很喜欢这句话，静若水从她特有的医学角度分析了这句话，她说世界卫生组织公布，所谓健康的人，是指符合下面四条：一是生理健康，二是心理健康，三是道德健康，四是有适应社会环境的能力。我们都符合吗？我们好好问问自己，慢慢想来，我们确实都是些有病的人。这个世界为名为利终日奔波的男人女人好人坏人大人小人不知有多少真真找到了自己的归宿。

井底蛙快要研究生毕业了，那个曾经和他共处三年的恋人，那个说好了要和他一起考研一起同甘共苦的女人，在他们考上研究生后毅然选择了他人。女孩子们一个个离开了他，她们现在都有了归宿，丢下了井底蛙一个人在这里孤独地唱着情歌。毕业十年了，仍然过着单身生活，朋友们都很少来了，甚至都把他忘记了，而我却依然记得他，还时常来看望他，因为说好了，朋友一生一起走，我仍旧为他的婚姻着急着，挂念着。

　　泥娃娃，泥娃娃，一个泥娃娃，也有那眼睛也有那鼻子，眼睛不会眨；泥娃娃，泥娃娃，一个泥娃娃，也有那鼻子，也有那嘴巴，嘴巴不说话。他是个泥娃娃，不是个真娃娃，他没有亲爱的爸爸，也没有妈妈，泥娃娃，泥娃娃，一个泥娃娃，我做他妈妈，我做他爸爸，永远爱着他。

　　我为什么想起《泥娃娃》这首歌，难道仅仅是因为在一个偶然的机会听到了它，瞬间被打动的缘故吗，一个还发着颤音的童声唱出了诸多对我来说很伤感很无奈的东西，这是我听到的最令人伤感的儿童歌曲。

　　一个不知名的酒馆，三个人的情感倾诉，一样的心情，别样的情感。

爱上一棵树

　　我站在那棵树的身旁，一棵高大的白杨，身材粗壮。

　　这是秋天，满地的落叶，整个园子里一片萧瑟的景象。我听到哗哗的声音，或是簌簌的响动，有落叶从我眼前飘落下来，落在已有厚厚落叶的地上。我才发现在那棵树的周围，落叶形成了一个大大的圆，以环抱的姿势排列在树根的四周，它们用多久才可以铺展成这个样子，没人在意它们。

　　我抬头，白杨树枝在蓝天映衬下有着非常清晰的骨感。

　　树枝上有落叶正三三两两地坠落下来，它们似乎约好了，从同一个枝丫上，一、二、三，跳，一个喊着口号，然后同时跳跃下来。这个枝丫上的落完，那个枝丫上开始落，或是几个树枝上的叶子同时落下来。扑簌簌、扑簌簌，我忽然觉得，我目睹了一棵树的一段生命历程，叶子绿的时候，都是不知不觉，只是一夜醒来后，就发现一棵树披上了绿衣。就如一个女人的化妆，当她描眉画眼时，都是躲在一个空间里，你看到的都是她们最漂亮的时候，以最美的姿态呈现在你面前。一棵树变绿，

118

你无法窥探到它们的细节，你无法看到一个叶片是如何变绿并舒展自己的，就如我们无法肉眼看到一朵正打开的花的慢镜头。少女比作花朵，但一个少女的成长，陪伴她的亲人也许并不察觉她每天的变化，有些变化发生在沉睡的夜里。一棵树的叶片由绿变黄的过程，我们也无法察觉到它的变化细节，我是说，叶片变化的慢镜头，我们是看不到的。只是，我们再次来到它面前时，它满头青丝已经变黄，又过几天，黄叶便几乎落尽，浑身光秃秃地立在那里。

我想唯一能够直面它生命变化的细节，就是此时此刻的落叶。也许对于一棵树来说，是很不情愿让别人看到它某段生命的变化，就如一个女子正在拔掉头上白发，你却站在一边看她，她定会不自在。因此每个生命体的细微变化都不是公开的，因为那是它们的秘密，它们一般把最不易被察觉的变化放在暗夜里进行。早上，当朝阳洒下光辉，它们便以最新的姿态迎接新的一天。但是，落叶它们不能隐藏，只能不分白昼，日夜不停地落，想尽快把身上的叶片落完，以尽快结束这一段尴尬的生命历程。它们夜里多落一些，白天慢慢地落，三三两两地落，趁你不注意的时候多落下几片，生怕一下子全落下来吓着你。而我是那么专注地看一棵树的落叶，或许它已经害羞了，你看到了它最为落魄的时候，就如浑身的衣服正一点点地剥离它的身子，它的大半个身子已经光秃秃的了。但它顾不上这些，它也许愤怒了，一下子落下了许多，想要吓唬我一下，让我离开，我偷窥了它的隐私。

但我还是那么专注地盯着它，它分明有些无奈，我触摸到了一棵树内心的世界，我想告诉它，我是友善的，不是恶意的，是想和它聊聊、谈谈心的，或就想这么静静地站一会。你看园子里那么多树木，我却偏偏站在你的身旁，你的树干那么粗壮，那么圆润，那么光滑，我很喜欢，是我很远就看到了你，你挺拔的身姿吸引了我。你的树干不同于那边的几棵，那边的几棵树杆满是树眼，密密麻麻，令人有些不敢触摸，仿佛心里长满了密密麻麻的眼睛，但你的皮肤却是如此细腻，因此我很想摸一摸。或者是，如果你是一位女子，我心生喜欢。你一生无数个秋天中，只有这一个我用心倾听了你，你不必尴尬或不自在，就当是一个好朋友之间的相互了解。也许我们从此会成为知己，我会记住你，我会一年四季来看你，就此我们约好。而我的生命肯定活不过你，当我拄着拐杖来的时候，也就意味着我离去的日子快到了，到那时你也许会更加叶茂枝繁，成为一棵园子里最大的，也是最老的树。

你似乎懂了我的意思，落叶也变得有些失落了，啊，不，我忽然觉得，那落叶是你的眼泪，一滴一滴，三滴五滴，落下来，落下来。那就刻下我的名字吧，我们永远记得，在我某一天远走他乡后，我只能在照片里看到你，而你怀抱着我的名字，算是一丝慰藉吧。抑或是在我离世后，只有刻在树干上的名字陪你走过余生。想想这有多么悲壮，但我却不忍心在你细腻的皮肤上刻下一个字，我怕伤害了你的外表，这就好比在一个人的脸上刻下字一样，会留下一道道伤疤。我见过那些刻下字体的树木，多年后，字体变得模糊，长成一片，根本分不清写下了什么，只有一块无法恢复的疤痕永远留下。

是的，就是这么悲伤，我来不了的时候，可以看看你年轻时的照片，而你却看不到我，你望眼欲穿，行走在身旁的男女不计其数，但没有我。想想这多么的不公。你的叶片落在我的身上，在安慰我，认可了我这个朋友。你可以记下我的样子，一年一年，就像你的年轮一样，刻在你的记忆里，藏在你的心里面。

不过，我还年轻，还可以年年来看你，甚至每一个月都来，兴致来了，会天天来。未来还很遥远，因此不必伤感，我体会到了万物皆有情感，都有缘分。见到你之前，路过的树木有无数棵，不乏一些名贵的树种，就如那棵美人松，我也没觉得有多么美，只是身材苗条些罢了。还有桑树，枝条像蛇一样，弯弯曲曲的，梓树是宽阔的大叶片，但却长着长长的豆荚，还有丝绵树，开着粉红色的花，金银木挂满密密的红色小果。但都没有你这么的俊美，没有你这高大挺拔的气质，你鹤立鸡群，即使一句话不说，也足以吸引人的眼球。走到你的身旁，就再也迈不开腿了，因此你要高兴才好，园子里上万棵树，却偏偏就喜欢你。

我踩着落叶离去，脚下发出嚓嚓的声音，就如踩碎了一颗颗泪珠，那声音一直响在我的耳边，我知道，那是你的哭泣声。是伤感，抑或激动。

小白

　　那一年春天，妻子抱回一只一个月大的狗。

　　一进门，它便朝我直奔过来，围着我的裤腿不停地转。它动作敏捷，你摸它的头，它立马给你嘴，你没等缩回，指头已经被它的舌头舔上了。你换上拖鞋往前走，它便横在你的前面，你朝左拐，它挡住你，你又朝右，它迅速地再次挡上。你只能迈过它的头顶，一只腿迈过去，另一只腿的裤脚便被立刻咬住。实在没办法，只好抱起它来，回到里屋。

　　它浑身毛色发白，我们给它起名小白。小白来我家，是妻子为了给儿子当玩伴，特意从同事家抱回来的。开始只有一拃多长，非常可爱，趁它还小，我和妻子开始慢慢地训练它，找了一个废纸箱，撕去盖子，放了些沙土，让它在上面大小便。可是也太难了，经常是随地大小便，你眼看它站在那里，后腿蹬地，下蹲着屁股，等你明白过来，已经拉出一段。妻子赶紧一边叫喊一边做出要打的样子，小白被吓着了，满地乱跑，这儿丢一点，那儿丢一堆，没办法，打扫吧。往往是趁我们不注意，它早已这儿一摊那儿一堆地留下不良痕迹，为此，妻子把它抱到废纸箱前，手指着纸箱教育了它几次，它似乎也听懂了，还真的不在外边随地大小便了。下班回来，首先是检查房间的角角落落，我们也发现一个有趣的现象，如果小白非常高兴地迎接你，说明它守了规矩，如果卧在你看不到的角落里，肯定是犯了错。

尤其到了吃饭的时候，你不喂它，它就把两只前脚扒在茶几上不停地张望。你用筷子夹菜，它的眼就随着你的筷子望向盘子，你夹起来送进口中，它的眼一路尾随你到口中。你用筷子夹一块肉在它眼前晃一下，它的头就随着肉晃一圈。有时候，竟然忘了它，只顾自己吃着，猛一抬头，它居然闪烁着两只水灵灵的大眼盯着你，见你看它，它就哼一声，舌头向外舔一下。便给它一块肉放在地上的碗里，没等你坐稳，它就吃完了，再一次扒上来，又是摇尾，又是哼哼，见你没反应，竟然还汪汪几声，声音里满含委屈的样子。

我坐在沙发上读书，它便嗖地蹿上来，表现出乖顺地样子，静静地卧在一旁，似乎要睡着了。我翻着书，它有时候睁开眼看我一下，又闭着。我却想逗它玩，把它放在地上，让它平躺着，先给它挠痒痒，它舒服地闭着眼，满身享受的样子。然后我用手扶住它的头，开始转圈，先慢慢地转，它很配合我，似乎很陶醉。我突然开始加速，它像一个陀螺越转越快，它好像忽然怕了，想停下来，可我手更加用力，它的转速便再次加快，只看到它一片模糊的影子了。它便发疯似的张开嘴咬我，并同时挣脱我的手。我感到快感，觉得自己是不是有虐待狂倾向，然后心满意足地看着它跑远。

有时候我躺在床上午休，醒来后，一伸手，毛茸茸的，睁眼，它竟卧在我的头边。我顿时发怒，怎么不经允许私自上床，我喊它，下去！它睁开双眼惊奇地看着我，似起非起的样子。我一把抓住它，扔到地上，它乖乖地跑了出去。但我最不能容忍的是，我坐在桌前写作，它躲在桌子下，前腿竟然抱着我的脚，后腿蹬地，弓着腰对我的脚是一阵冲击。

样子猥琐极了，我踢都踢不开，只好弯腰掐住它的脖子，把它从桌子下扔出去。我哭笑不得，既然它是一只狗，就算了，只有我和狗知道此事。何况我还曾对它施虐，满地旋转，也是让我心情舒畅些了。

转眼到了九月，儿子上初中，要去我工作的学校住校，小白便无人照看。趁它还小，送人吧，要是把它独自扔到街上，或其他地方，也是我不忍心的。同事的父亲要，便开车拉着它送往同事父亲的院子里，小白下车，徘徊在大门外，怎么也不肯进去。我和同事进去，慢慢地它也跟着进来，但院子里还有一只黑狗，略比小白大一些，很强壮。见小白进来，它虽然拴着绳子，叫的特别凶，猛地冲向小白，小白吓得不轻，竟躺在地上嗷嗷地叫个不停，仿佛被伤得很重，尿了一地。就是从那个时候，只要它一激动或受到惊吓，就不由地尿出来，好像失去了控制能力。同事父亲给它另外搭了一个窝，但想到那只黑狗，不知要怎样欺负小白，很放心不下，但又想也许它们会成为好朋友的。趁小白不注意，我开车离开，小白竟然从大门跑出来，猛跑狂追，但它追不上我，后视镜里，我看到它失望而无助地停下来狂叫。

不觉过了一个多月，同事说，他的父亲不要小白了，老是不自觉地撒尿，估计是肾有问题了，如果我能拉回去更好，不然就给别人了。我几乎快忘掉它了，便只好开车去接它回来，心想如果不是硬要把它送人，它也许不会落下这个毛病。开门的瞬间，我看到它在院子里卧着，我叫它，它并没有表现出兴奋的样子，甚至我上前抱它，它都很木讷，似乎已不认识我。它毛色杂乱，消瘦了很多，听同事父亲说它吃得很少，整天闷闷不乐。我忽然感到非常地失落，一个月不见，它已不是原来的它，那种机灵的样子尽失，对一切都表现麻木。

但我接它回来，仍不能收养它。送给了另一个同事的父母家，说很想养一只小狗。

过了一段时间，那个同事来到我办公室，说你的那只狗不停地尿，尿的满地都是，有时候喊它几声，就尿了出来，父母没办法，不想要了。

又过了好多天，我见到同事，忽然问起她狗的事，她说父母想把狗送别人，没人要，就扔到大野地去了。

至此，小白再无音讯。

冬日的一天，我从公园跑步回来，路过一个墙角，看到一只冻得瑟瑟发抖的流浪狗，在垃圾中觅食，它毛色发白，凌乱不堪，不停地用前爪刨食，迫不及待但似乎并没有吃到什么。它忽然停下来，抬头望我，我有些不知所措，扭头走开，但没走几步又回过头，见它仍旧低头急促地刨着那堆垃圾。这次是双脚并用，力度更大，更加迫不及待，似乎吃不到一口，就会立马倒下。

它坚定地刨下去。

忽然又停下来，抬头看我，我迟疑了一下，条件反射地扭头便走，然后我听到身后塑料袋被刨得稀里哗啦。即便是一只流浪狗，也有尊严，即使在它一生最狼狈的时候。

我脑海里满是小白的影子。

佛的微笑

我第一次到云冈，却不是有意来看大佛。

那是跨世纪的一年，我的内心却充满迷茫，不知道未来在哪里，更重要的是不知道自己的爱情在哪里。身边的同事和好友一个个离去，外出寻找自己的世界，我却独自一个人走在那条矿山的小路上，身边除了石头还是石头，正午的阳光热辣辣地泼洒在我身上，我深一脚浅一脚，大汗淋漓，任由脚步拖动着躯体穿越那一片煤渣堆积的小山。期间，有几只小狗卧在各自主人的大门口，默默地看着我，目送我离去。我都是和它们点一下头，然后向前走去，它们似乎达成了某种默契，在那里等着我。

和许许多多的人一样，面对这个到来的新世纪没有一点真实的把握。一切似乎到了一个转折点，人们该静下来，想想各自的生活和工作，该总结一下，然后再寻找一条适合前行的路。于是，在新千年到来的前夜，我写下一首长诗《永恒的流逝》：

我们是一群幸运的羔羊

行走在青山荒漠之上

这是上苍赠予我们的苦难

这苦难让我们懂得了珍惜

让我们学会了忍耐

让我们走出了幼稚的泥潭

……

人类正大步跨越千山万水

所有的不安与躁动归于平静

不详的预言已失去光彩

人们从一场虚惊中清醒过来

痛心的爱情与虚伪的承诺

已成为明日黄花

让人骄傲的面具

被扔向奔腾流逝的长河之中

我们将更加珍惜自己的命运

像热爱生命一样热爱他人

这是人类生存的秘诀

这首长诗的完成，正式宣告我追寻的爱情彻底离我而去。新千年的到来，我在媒体和人们的欢呼雀跃中感到了巨大的寂寞。我甚至没有理由地长久地徘徊在那一片矿工的墓地之中，夕阳下，我不知道我要寻找什么。

秋天来临了，落叶正不知不觉地离开树枝，投入大地的怀抱。但还没有到那种纷纷扬扬的时候，它们中的几片，只是觉得在树枝上待得太久了，需要做出一个与众不同的动作，以表明自己的不耐烦。于是一翻身，从空中腾空而下，翻转着身子，随着秋风降落，再见了，朋友们，它们微笑着离开同伴，然后消失在草丛间或河流中。

我觉得我应该出去走走，我漫无目的，坐车离开自己的住所。车窗外还有一种残留的热气在空气中弥漫，但分明被那些秋风赶得无路可逃，它们到处乱窜，钻进车窗，扑在我的脸上。人群和车辆也是不紧不慢，在秋风中，他们都感到一丝凉爽，很惬意。而我眼前的绿色却未曾因为秋天的到来而变淡，仍旧是那么的浓厚。路的两边被绿色填满，一直延伸到远处的山丘。那边的河流缓缓地流淌，在阳光下发着微弱的光芒。天空高而深远，蓝色的底子上绣着几朵白云，白云悠悠，它们什么也不想，似乎也不动，像一幅画挂在我的眼前。

我就是这样走进武州山，走进云冈石窟的。

我不知道我为什么要来这里，而且是第一次。一眼就看到了那个高高在上的大佛，他微笑着看我，我站在他的面前，一刹那，我竟然被融化了，一切的不爽和迷茫都统统地融化了。那微笑就如大海，我被稀释得不知去向。

我热泪盈眶。

我知道大佛距我的居住地只隔着一座山丘。从我的居所到这里有一条近路：五九公路。只要翻过那座山丘就会到达这里，但我却从未有过想要看它的念头。我这次走得最远的一条路，也是一条正道，是天下游客都会走的那条通往云冈的道路。佛居然离我这么近，它的佛光一直映照着我，我却没有感受得到。

我长久地注视着它，它总是那么微微一笑，对人间的一切看得很淡，仿佛再大的痛苦在它面前不过是一笑而已。是的，它保持着这样的微笑已经有千年，一场一场的风吹过，一场一场的雨落下，一场一场的雪飘过，每一秒每一分，每一天每一月，一年一年，一个世纪一个世纪，千年之后，它仍旧保持着这样的微笑，笑看人间。

我抬头望望天上的白云，可曾是千年前的那一朵。千年之间，有多少如我一样的失意之人来到这佛前，面对它的微笑，最后释然。我不想重复历史的说辞，历史的说辞于我很遥远，我只想写出我此刻的感受，这样的感受于我是真实的。我知道，横在我面前的只是石头而已，是一块块坚硬的石头，甚或是一座石头山。千年之前，这里的草是丰茂的，水是清澈的，天是湛蓝的。是帝都附近的一块丰饶之地，人们沉醉于山间，享受着每一寸空气带来的愉悦。然后是一群匠人驻扎在这里，开始对那些山体雕刻。叮叮当当几十年过去，那些帝王的雕像开始在石头中凸现出来。他们或坐或站，把血肉之躯幻化成坚硬之石，血肉之躯已经腐烂，化为尘埃，但这石头雕像让他们存活下来。他们坐在那里或站在那里，历经风雨和战乱，笑看人间花开花落，一朝一朝就像演戏一样，在他们面前一场一场地过。

　　终于等到我的到来。

　　我是无意之中来到的，不，也许是佛要渡有缘人。但芸芸众生，它怎么会在意一个失去爱情的年轻人。但无论如何，我实实在在地站在它的面前。它只是一块大大的石头，只因被打造成一座佛，因此就有了灵性。它就是千年之前的那位帝王的化身，以另一种方式在这个世上活着，它看惯了人间的恩恩怨怨和是是非非，太多的悲欢离合在它面前上演过，它已经习惯。面对这些人间的肉体凡胎，它已经淡然，不再为他们的故事感到惊奇，感到悲哀，感到兴奋。它也不再为历史的变迁大惊小怪，它不发怒，也不生悲，它只有这一个姿态，那就是微笑。在它眼里，走在它面前顶礼膜拜的人群，和那吹过山野的风是一样，来了又去了；和那飘落的雪花是一样的，落下又化了。

　　但这样的微笑似乎又是有意的。那些途径的战马和刀枪，还有骑在马上的征服者，他们点燃那些寺庙，杀死那些阻碍他们前行的和无辜的人，他们仰天长啸，似乎已经征服了世界。佛不这样认为，它只是微笑，这样的微笑带着嘲笑和藐视。不要狂妄，你们终究要化为尘土，消失在晚风之中。面对那些失意之人，这样的微笑，似乎带着鼓励和宽慰，尤其是那些失意落魄的文人，这样的微笑，更像是一只宽大无边的巨手，轻轻地抚慰着他们柔弱受伤的灵魂。它能一眼看出你的内心，你内心隐藏的善恶和奸诈以及不良的动机，在它面前都会一览无遗，它的高大瞬间把你的小吞没，把你的存心不良挤压出去，用那微笑彻底化解。那微笑又似乎在说，不要心存侥幸，善恶自有分晓，一切因都会有一个果。

我坐在佛前的湖畔，那是个小湖，十六年前，这个湖是佛前唯一的湖。没有现在的山水殿堂的辽阔和气势。湖静静地躺在树林之间，显示着它的柔情。湖面上漂浮着朵朵莲花，这是另一个世界，浓密的树木把悬崖上的大佛隔开，一个坚硬、一个柔软；一个威严、一个妩媚；一个仰视、一个俯视。按说坚硬的东西不会长久，柔软才能存活，但那佛却靠在悬崖上已千年之久，朝拜它的人群，不停变换着服饰和口音，隋唐、宋元、明清、民国，一直到今。才发现，柔软的有生命的东西都会腐朽，而它才是长久的，难道佛没有生命，但你仔细想来，那佛是石头。是人类从石头里把佛挽救出来，又拜倒在它的脚下，挽救佛的人早化为晚风中的一粒尘埃，而佛还高高地立在那里。由于那佛太逼真、太形象，人们早已忘记，它是石头的化身。

湖水是深蓝色的，映照着蓝天白云。那湖面上的莲花，充满佛性。曾有佛拈花微笑，以心会心，获得真传。这莲花出淤泥而不染，让人清静，莲藕似空非空，空色一体。如此宁静、安详、美妙，无不让人将烦恼抛到九霄云外，达到一种淡然、豁达、通灵、超脱。

是的，这湖水之上的莲花和那靠在悬崖上的佛是相通的，我不知道那些佛是否也在手上拈过一朵莲花。它们此刻的手上是空的，甚至是残缺的，那个坐着的大佛，手上布满小孔，可谓千疮百孔。有的佛面部残缺不全，眼睛呈现出两个黑洞。仔细端详，原来每尊佛都有或多或少的

130

残缺，那个端坐着的大佛，由于露天，脸上落满沧桑。原来佛也会苍老，只是苍老的缓慢，如果草木一年一枯荣，人是几十年一荣枯，那么佛要历经多少年，才能呈现出苍老的面容，再经历多少年肢体会有残缺，是的，太缓慢了，我们根本无法察觉，千年过去，它们仍然是那么端庄，微笑还是那么深远。风霜雪雨，也不能奈它如何。佛也会不完美，它那微微一笑，究竟暗藏着多少寓意。

在距离大佛几百米深的地层中，是乌黑的煤，那些煤当初的原形就是地上这葱茏的树木，它们被埋在地下的时候，这些石头才刚刚形成自己的样子，从石头里挽救佛的人还没有出生。树木被深埋在地下经过亿年之后，才修成正果，重见天日。大佛的目光所视之处，就是一座现代化的矿井，那些深埋在地下的煤，是煤矿工人把它们从母体中剥离，然后重见光明，获得重生。某些时候，我会产生幻觉，我总觉得那些满脸乌黑的矿工的微笑，就如那大佛的微笑。大佛的微笑普度众生，让芸芸众生在迷茫中找到各自的方向，是一种善举。那矿工的微笑是把深埋地下打坐的煤，挖掘出来，温暖世界，照亮人间，这何尝不是一种善举。如此说来，矿工也有佛性，他们的佛性借助于煤传到世界各地。我曾见过有工匠在煤矸石上雕刻的佛像，那些煤矸石随着深埋地下的煤重返人间后，被挑选出来，本来它们是要被丢弃的，但那些工匠把它们从垃圾堆里解救出来，或是挽救出来，用他们的双手在那坚硬的矸石上雕刻出一尊尊佛像。这多么像雕刻云冈石窟佛像的那些匠人。这样的煤矸石就有了佛性，它们成了艺术品，摆在大佛的脚下，被不同的游客带到世界的各个角落。

是大佛指引我来到它的面前，把我巨大的迷茫和失落化开，站在大佛的前面，我摆出一个姿势，让摄影师留下了一张和大佛的合影，我露出一丝微笑，但那微笑却显得有些勉强，极不自然，我知道我心里仍旧放不下尘世的爱情。那佛似乎在说，去吧，年轻人，下次再来，我一直在这里等你，我已经等了千千万万个如你一般的善男子和善女子，当然还有千千万万个心怀恶念的人。

是的，你已猜到，第二年的秋天，我又一次来到大佛前。

大佛依然在微笑。我的脸上也露着微笑，露着微笑的还有我的爱人。我们手拉手穿行在佛的殿堂里，接受每一尊佛的祝福。我们一尊一尊地拜访，一尊一尊地欣赏，如果说一年前是怀着失落的心情无意中来到大佛面前的话，那么一年后则是怀着喜悦的心情有意来到佛前。一切皆在有意无意之间，一切皆在失落喜悦之间。其实有时候我觉得，有意就是无意，无意便是有意，有意和无意到底谁能说得清楚。你说那大佛的微笑是有意的还是无意的，你觉得它是有意的它便是有意，你觉得它是无意那它就是无意。

这一切皆在于自己的内心。

佛是有境界的，只是众生不能参透。你看那男男女女，老老少少，或驻足观望参拜，或流水一般从大佛前穿过。佛在他们心里留下了什么，各人自有各人的体悟。人们焚香参拜都是有私心的，为了自己或亲人，祈求佛祖原谅他们的过错，消除他们的恶业，让他们健康地活着，保佑他们永远平安。也许很少有人为国家祈福，为世界的和平祈福。如有，则便是大境界。因为他们深知，国泰才能民安，世界没有硝烟，天下才能太平。

大佛只是微笑着，它笑这些世人，明明知道它只是一块石头，只是被雕刻成佛的模样，没有思维，没有生命，只是二氧化硅的组合体，和你们脚下踢到的石头，和那些被垒成墙和石头屋的石头本质上没有任何区别。却一定要焚香祷告，顶礼膜拜。大佛的微笑近乎是嘲笑了，这些愚蠢的人们，不去拜生养你们的父母，却要拜一块石头佛像，你不看我的手脚已经残缺，面目已经千疮百孔，我连自己都保佑不了，如何去保佑你们。

当然，大佛后来也渐渐明白，人们研究这些石窟里的石佛，并不是为了研究石佛本身，而是研究雕刻石佛的人，研究雕刻石佛的那个朝代，是那个朝代的人赋予了这些石头以佛的面目，于是使大佛有了说不完的故事。

我不知道下一次来会是什么时候，又会是什么心情，也许会领着儿子或孙子来，或是父母朋友来，或是我一个人来，拄着拐杖，身边都是陌生人，也许会泪流满面。

我们在大佛面前只是短暂的停留，终究要回到尘世之中。去结婚生子，去养家糊口，去接受人间的喜怒哀乐，去过柴米油盐酱醋茶的生活。顺心的不顺心的，耐烦的不耐烦的，都将是我们不可避免地要遭遇的功课。无论是有"采菊东篱下，悠然见南山"的闲情和豁达也好，还是有"先天下之忧而忧，后天下之乐而乐"的志向和抱负也好。保持一颗佛心处世，用微笑面对生活，也必将是我们用心去做的一生的功课。

今天，你微笑了吗？

第三辑　凄美的遇见

绝望之美

1

　　我长久地站在村庄的背后，十二月冷冷的阳光洒在对面的山坡上，一种真实的遥不可及，但白花花的石头还是很耀人眼。

　　眼前的那片果树林泛着凝重的黑紫色，像是用画笔蘸着浓浓的墨汁，向那里轻轻一泼。有浓重、有飞白，却无规则，极像一处泼在宣纸上的墨，甚或是一片飘在山坡上的浮云。然而令人感到无比绝望的仍是那些孤立无援断断续续的城墙和孤堡。我说的是长城，是延绵在山脚下望也望不头的土长城。

　　正午的风不断地吹过山野，吹瘦了那些独自兀立的烽火台，直把那一座座山峰吹成一副副瘦骨嶙峋的骨架。我和那些孤立的土堆进行了长久的对视，我想找到是什么样的外力使得这些长城被拦腰截断，变成断断续续，一截一截，让那些烽火台没了依靠，孤独地在那里独守了几百年。

我的脚下是河床，河床中躺满了大大小小的鹅卵石，有的深埋于沙土之下，多数裸露在外边。是的，这里曾有河水流过。从整个河床来看，当年的河流很大也很宽。我顺着河床一直望到对面的山坡，山坡上到处是沟壑纵横，没有规律。这些河流就是从那里流下来的，最后在我的脚下汇聚成极强的一股，冲开了那坚固的城墙。这是我的推测。

　　战争都没有使长城断裂，却终被那水的柔情攻克了，我感到柔情汇聚起来的力量，里面隐藏着不可阻挡的威力。而比这个更厉害的是眼泪，那是女人的眼泪，孟姜女千里寻夫，竟然哭倒了万里长城。都说女人的眼泪是一柄温柔的利器，那么孟姜女的眼泪就是那滔滔的巨浪了。明知寻夫是绝望之举，却仍要千里迢迢，矢志不渝。而那首凄美悲凉的《孟姜女》之歌，让世人见证了一个柔弱女子的内心的惊世之美和无处诉说的悲凉：

　　　　秋季里来秋风凉，孟姜女替夫做衣裳，针线扎在蓝衫上，刺我心肝牵我肠。冬季里来哟雪花飞，孟姜女为夫送寒衣，冰天雪地路难行，孟姜女寻夫又一年。春夏秋冬年复年，孟姜女情比长城长。

　　站在长城脚下，孟姜女挎着篮子，头扎白巾，碎步朝这边走来。边走边用手摸着鬓角的汗水，边走边朝两边张望，很急的样子。她老远就望见了我，似乎是想上前打听一下，却又停下来，但还是迈着坚定的步子走过来，眉毛紧锁，杏眼圆睁，步伐逐渐加快。

　　而这只不过是一个幻觉，我还呆呆地站在原地。

　　眼前有几处人工修建的水渠，但那些沟渠分明已经破损，说明现在它们已经失去了应有的功能。这一段长城在地图上占着很显眼的位置，走在上面，当年宽宽的城墙已经坍塌了很多，只剩下中间瘦瘦的一条。有的地方你需要加倍小心才能够通过，但仍然能够感觉到它的厚重与庄严。

呈现在眼前的是一种苍凉的绝望之美，白雪零星地点缀在荒草之间，城墙的两边是一些杂乱的白杨，还有一些不知名的灌木。几个村庄就一路洒落在长城脚下，每隔两里就是一个。

我们从守口堡出发，沿着残缺不全的城墙的一直走到小龙王庙。

2

在小龙村村口，碰到一个村民，是位大妈，五十多岁。

得知来意后，把我们带到一户临近的人家，大妈说这家人还算干净一点，过一段时间孩子要办喜事了，家里有些好吃的。

主人出来迎接了，男的有四十七八岁，刚刮不久的胡子，黑黑的茬子又冒了出来，一双粗糙的大手又短又粗。女的扎着蓝色的头巾，两腮红红的泛着光，说话时露着长长的门牙，还有一颗金黄的假牙。

果然，这家人家还算殷实，三间砖砌的瓦房，院子里有刚刚杀过猪的血迹，从家门口一直流到大门口。院子的左边有一棵杏树，树上挂着猪下水。右边的围栏里养着几口猪，不大，一两个月的光景。旁边是鸡埘，因为是白天，鸡都在院子里觅食。一辆马车停在下房的门前，牛却拴在大门外的空地上。进门，家里没有几件像样的家具，地却用白色的地砖铺了，旁边是一个大灶台。家里很干净，炉子里的火烧的正旺。正面的墙上是几块大镜子，下边是一排相框，里边贴满了照片，有一些是黑白的，看来年代是有些久远了。最让人感到温暖的是那条大炕，正午的阳光直直地照射在上面，炕上铺着大红油布，很刺眼。

女主人不断吩咐着自己的男人：没醋了，买点醋，再买点味精，把挂在西屋房梁上的肉取一块来，顺便到对面的福财家里，告诉福财到野地里挖些山药来。原来是我们中间有几个是想吃烧山药了。几个女的开始帮女主人做饭了，男的都没事做，在地上和院子里转悠，我和男主人去了村子里的小卖部。才发现，村子里大多都是土坯房，院墙都东倒西歪的，很破旧，拐了几个弯，便来到村里唯一的小卖部。是一间破败的房子，进到里边，黑的几乎看不到所卖的物品，我要了一瓶本地二锅头，五十四度。

在村子里转悠了大半个时辰，且用下面的文字来记录一下：

小卖部的前边是一块带斜坡的空地，有水流的痕迹，中间明显形成了一道浅浅的沟，这可能就是村子的中心了。空地上唯一的村民，就是那个头绾红绸子的女子，她坐在一块石头上，看着我，却总是笑。我问她是不是这个村子的，她还笑，点点头。为什么叫小龙村，我问她，她说叫小龙王庙。我看到一块牌子，钉在一棵大柳树的树干上，上面写着"砖楼——小龙王庙"的字样，原来这里也通公交车。经过询问，我得知她嫁到了两里地外的砖楼村，来住娘家，两个孩子，大儿子十四岁了，小学毕业后不上了，现在城里打工，小的才两岁。我问他村子后边的城墙是什么时候被水冲断的，她摇着头，笑着。我问她这个村子里谁的年龄最大，她指了指身后的那个门。我顺着她指的方向，来到那个院子里，一个驼背的老人正在院子里捡玉米茬子，他不停地咳嗽，好像有一个东西老是堵着他的气管。院子里已经没有院墙了，他的身后是三间很古老的房子，庙宇一般，房顶上长着茂密的荒草。我叫了几声大爷，他没有听见，只顾做着自己手里的活。在院子里停留了一会，我走了出来。我走出村子，是望不到头的黄土，远处灰蒙蒙的让人好生绝望。

饭熟了，大家围坐在土炕上。炕桌上摆着一盆大烩菜，里边的内容还是很丰富的：鲜个嫩嫩的土豆、颤个嘟嘟的粉片、白个生生的豆腐、黄黄的豆芽、瘦瘦的肉片。再加上两大盘新鲜正宗原汁原味的炒鸡蛋，两大盘翠绿中带着红红血丝油汪汪的凉拌青萝卜，一大盆颜色纯正黄个津津的软糕。每人面前一杯二锅头，怎一个爽字了的。浑身的疲惫早已被满头大汗所冲淡，什么是幸福？这就是幸福。一处农家小院，一群徒步长城的男男女女，一桌丰盛的饭菜，冬日的暖阳下，安静的却依然令人绝望的长城，以及长城下同样安静的村庄，我该用怎样的笔墨才能描述出此时村庄的寂寞。

男主人和那个叫福财的都喝的满脸通红，由于酒的度数高，我们都自觉不行，互相推让着，男主人却正来劲。他说小儿子马上要办喜事了，在城里打工呢，可比不上福财的儿子啊，别看福财两口子穷的没吃没穿，可他却供了一个名牌大学生呀。福财的女人就是把我们领进村的那个大妈，此时她正在大门外和另一个女人有说有笑。我们举杯不断和福财碰着，福财只是低着头，碰一下点一次头，碰一下点一次头。喝完酒后，他指着地上的袋子，说烧的可香哩，你们尝尝，你们尝尝。

女主人不停地吩咐我们要吃好，给每个人添着菜。中间有个插曲，我又问了男主人有关长城的事，男主人说他小时候就是这个样子了，残缺不全，好多都断成一截一截的了。我说出了我有关长城断裂的推测，男主人不停地点着头，有道理，有道理。女主人说那是孟姜女哭倒的，男主人打断了她的话，不要瞎说，要哭那也是你哭倒的。我们都哈哈笑了起来，男主人说，你们可别笑呀，她刚从四川来那会，每天哭得要死。女主人说那还不是想家了吗，跑又跑不了，真是绝望透顶了，那人贩子真是可恨呀。原来女主人是从四川被贩来的，那还是二十世纪八十年代初的事了，男主人家里穷，弟兄六个，他排老大，花了五百元买了一个四川媳妇。那时女主人才刚刚十六岁，整天被锁在屋子里，哭得死去活来的，男主人家里弟兄六个轮流着看管，怕她寻了短见。后来不知怎的，也许是男主人对她好罢，逐渐感化了她，公安来解救，她却不走了，就留了下来，还把自己的几个妹妹也介绍到山西来了。

如今二十多年过去了，她已深深地爱上了这里，每隔三年五载回一趟四川老家，倒觉得四川陌生了，没想到在这个千里之外的长城脚下寻到了自己的家。

下午四点，我们从村子里出来。男主人随同妻子，还有几个村民送我们出村，男主人不停地嘱咐我们明年再来，最好是杏熟的时候来。那个头绾红绸子的女子还在那里坐着，她居然向我们招手，我也向她招了招手。男主人说，别理她，是个疯子。男主人见我有些惊奇，说结婚时骑驴摔下来，让驴踢破了头，从此那块头皮就不长头发了，整天用绸子绾着，丑是遮了，可神志却不太清楚了。我望了望她，她依然笑着，和这冬日下午四点的阳光一样，暖烘烘的。

　　小龙村越来越远了，而长城却逐渐清晰了起来，像一条巨龙蜿蜒在山脚之下。

十九梁

1. 荒草

　　我不知该如何写下十九梁的荒草，它们无处不生，密密麻麻布满整个村庄。三月的阳光还有些恍惚，不那么热烈。恍惚的阳光照射在时近正午寂静的村庄，就显得更加寂寞了。

　　路边的荒草齐刷刷地朝着一边倒下，像野马的鬃毛被风吹拂。梁上的三月，万物还处于待发状态，虽做好了要萌动的姿态，但仍把心思掩藏在春风里，不轻易显露哪怕一丝的气息。站在荒草的身旁，可以想象它去年的葳蕤、繁茂，甚至是汪洋恣肆，曾经的气势以荒草的形式凝固在黄土之上。它们的色彩是单调的，土黄和灰黄，甚或褐色。如果没有风，它们显然很安静，但风把它们拂动，让那些土黄和灰黄的色彩也变得有了灵动。

　　荒草紧紧地把十九梁包围着，它们深入到每一家每一户的院子里、墙头上、屋顶上、石头缝隙间、黄土倒塌处，都有它们生生不息的身影。它们姿态各异、横七竖八、各抒己见、不修边幅。尤其是那些爬上屋顶的荒草，像海浪一样一浪一浪地匍匐前进，朝着一个方向倒下，它们志向坚定、团结一心、破釜沉舟、前赴后继。荒芜的院子里，荒草的身影显得凌乱不堪、东倒西歪、高高低低、长长短短，如同丢魂一般，落魄凄迷。稠密的石头缝隙间，荒草有些七零八落，萎靡不振，仿佛命运不济，它们努力探出头来，证明自己也是这荒草中的一员，个个面色憔悴，营养不良。土坡上的荒草一丛丛、一堆堆，分门别类，品种繁多，它们占地而居、各自为政、互不侵犯，每一丛每一堆都是一个家族，偶有异族入侵，最后也被淹没在其中。也有孤独者，往往是凭着人高马大立在那里，迎风招展，过着离群索居的生活。但它们又高不过那些桃树杏树，竟然也有的委身在桃林之下，自娱自乐，显得清净自然。

十九梁还没有完全从僵硬中苏醒过来，它的背后是时断时续的土长城。长城就横躺在山坡上，有些气喘吁吁、老态龙钟、廉颇老矣的样子。身上同样是落满荒草，荒草就像入侵的敌军，占领了长城的制高点，它们振臂高呼、摇旗呐喊，在风声中得意扬扬。城墙和它身边的田地没什么区别，都是同样的黄土，几百年前，它们的功能是不同的，城墙是防御的，田地是耕种的，一个经历着刀林剑雨，一个养育着千军万马。几百年后的今天，它们终于闲下来，成为天涯沦落人，一样的落寞，一样的破败，墙经不住风雨，坍塌了，田地没有人来耕种，荒芜了。

不知道具体是哪一天，十九梁的荒草将统一着装，变成绿色，它们将又一次焕发生机，继续和十九梁生死相依、不离不弃。而十九梁却不能再焕发自己，它在日益衰败，房子一间间倒塌，窗棂一扇扇腐朽，每户人家的大门上挂着一把铁锁，锈迹斑斑。它们熬不过那些草们，草每年都会重新泛绿，而且一年比一年多，一年比一年旺，一年比一年结实。房子就不行了，倒了就再也起不来了，一年比一年疲沓，一年比一年苍老，一年比一年丑陋。

草是十九梁最终的胜利者，人也熬不过岁月，熬不过草。想当年，村里的人们拿着镰刀把草们赶尽杀绝，草们一茬一茬被放倒，然后干枯、烧掉，或被那些牛羊吃掉。它们不敢迈进院子里半步，稍有抬头就会被人们踩倒或拔掉，活的小心翼翼，没有尊严，只有在野外才是它们的天堂，但也经不起成群的牛羊的折腾，没几年，长起来的草们就被牛羊们一根一根吃掉。现在不同了，人走了，成群的牛羊也被渐渐杀光了，只留下房屋和院落还坚守在那里。草们终于解放了，肆无忌惮地冲进院子里，爬上屋顶，钻进家里，没几年，就占领了人类的领空。

草们开始舒心地度过每一个春夏，要风有风，要雨有雨，什么也不缺。它们唱着歌、跳着舞、手拉手、背靠背，成群结队地团结在一起，成了十九梁真正的主人。

2. 院落

眼前的这个院落是十九梁最典雅的一处院落，虽然已经衰败，但当年的风韵依然令人赏心悦目。

是的，人已远走，他们搬到了另外一个地方去继续着柴米油盐，或者，他们中有的已被这片黄土深深埋葬。但他们曾经居住的院落就在我眼前日渐颓废，古典浪漫的窗棂落满岁月的灰尘，斑驳的朱红色仍然显示着当年的富贵高雅。五间正房错落有致，中间的客厅凹进两边的厢房凸出，如蜂窝似的窗棂上，还糊着经年的白纸，留有被雨水冲刷的痕迹。门的两边是四扇落地的木窗，同样的结构，一样的颓废苍老。两边厢房的窗户都已成空洞，风自由地穿行，透过塌陷的屋顶，可以看到蔚蓝的天空。

院落被荒草覆盖得严严实实，不留一丝空隙。人走了以后，草们有了自由的空间，它们随意生长，不断地占领着院落的每个角落，成了这个院落的主人。院子的大门紧闭，可院墙却残缺了，有一堵墙几乎成为平地，任由风马牛自由进出。紧闭的大门，雕刻精美，门楣上是翻卷的云涛，把手是狮头，两边的砖头上雕刻着一样的花纹。那草们就高高地站在门楼顶上，居高临下，守护着大门。后院的杏树干巴巴地立在那里，围护它的院墙开了几个豁口，一块块黑色的石头裸露在阳光下。

　　脚下的这个院落在一个低洼处，房梁倒塌，被黄土淹没，室内墙壁上的白色还依稀可见。右手的院落也是一样的残败，黄土堆起的院墙斑斑驳驳、坑坑洼洼，一副衰老的迹象，好像还有些颤颤巍巍，风再大一些就要倾倒。路上到处是羊粪和牛粪，一颗颗一堆堆，踢在脚下随处滚动，还发着咔咔的声音。多数院落的门上贴着新春的对联，鲜艳耀眼，但门上却挂着一把铁锁。给人的印象是，虽然房屋倒塌，院落衰败，但主人还会在过年的时候回来看看，贴上对联，站在院子里东看看西看看，然后想想过去的日子，出门上锁，回头再看看，说来年再回来看你。

　　几声狗叫从眼前的院子里传出来，那狗和那黄土一样黄，朝着大门口一顿狂叫。接着村里的狗都叫起来，听着至少有两三只的样子，狗被一根绳子拴着，来回地跑着。狗的叫声，说明这户人家还没有搬走，但那门上却上着锁，主人的去向成谜。一样成谜的还有上面那户人家，整个院子还算完整，大门、院墙都在，但大门挂着一把铁锁，门前那快空地上拴着一头骡子。骡子把头伸出墙头，望着我们，发着突突的声音，然后就仰天嚎叫几声。见到陌生人，它显得有些激动和兴奋，或者是像那狗一样，给主人看家，突突声意味着告诫陌生人，不要靠得太近，嚎叫声说明它会发怒。他的主人呢，这个时候还不是农忙季节，田野里荒芜一片，虽然春分已过，但冰雪还未完全融化。再说村庄里几乎无人居住了，这些牲畜的主人为什么还留在这里，既然留下来，怎么会锁着大门，不见人影。那骡子见陌生人走进大门，变得异常急躁，一边嚎叫，一边用蹄子刨着地，转着圈，怒目圆睁，仿佛要挣脱那缰绳。

　　总体说，十九梁的院落是颓废的、荒败的、令人恍惚的，就如同那阳光一样，让人无法真实起来。满眼的黄土、满眼的荒草、满眼的阳光、死寂的院落、破落的围墙、凌乱的石头，这就是三月某日正午的十九梁。

眺望与奔跑

1

依然是那条河流，依然流淌在乡村的身旁，三十年，没有因我的不辞而别而忧伤，每次回来看它，总是那么欢快、纯净、年轻、不知疲倦。陪伴河流长大的人们，有多少正渐渐变老，或离去，我的先辈们也曾站在这里，望着那河流流向遥远的未知，他们的心中都曾有过梦想，都随那水流逝去了。我的忧伤不只在于看到了离开多年的河流依然是那么触动内心，而在于历经太多风雨之后，那流水仍旧如当初：纯净无尘，清澈欢快，内心透明，丝毫未沾染尘世的芜杂。

这是庚子八月之末，再次路过故乡，熟悉的山脉下是绿树掩映的村庄，村庄的四周被翠绿或金黄的庄稼包围。明净湛蓝的天空，绿色的山川，黄色的烽火台，黑色的油路，白色的墙壁，红色的砖瓦。乡村的八月，被各种色彩涂抹着，我的心在这些色彩中彻底沦陷，离故乡越近，心动的频率就越大。在脱贫攻坚之年，乡村的面貌整洁一新，沿街的墙壁上渲染着传统文化的书画作品，车窗外的乡民们仍旧如我记忆的童年那样，成群地坐在沿街的大门口，偶尔有几张熟悉的面孔一闪而过。

我曾经生活过的房屋已卖给他姓，也只能通过当年的照片看一看院子里的一切，杏树，桃树，果树，还有那棵高大的杨树，如今不知是否健在，大门口的砖面上我刻下的字已模糊不清。屋后的树木已被砍掉，养过的家狗已消失在旷野，院子里成群的鸡，变成我笔下的文字。

但村口的那座小桥还在，它在我出生时就在那里，每次回来，看到的，可能只有它是最原始的存在，我曾无数次坐在桥上的水泥台上，望外面的世界，骑着自行车一次次从桥上走出去，又一次次地回来。雪落下来，村外的世界白茫茫一片，村子在高处，可以看到整个平原，还有淡淡的远山，尤其是晚霞映照的那一刻，充满了迷幻色彩。多么寂静，河流都停下了脚步，山川都肃立在那里，我一个人站在冬季的雪野里大声歌唱，乡村曾给予我无限的浪漫和幻想。

而此刻，我就站在故乡河流的身旁，眺望远方的田地，绿油油的田地一片茫然，那是玉米吐出的穗，和我童年坐在高高烽火台上的眺望是一样的感觉，那时候，这些田地种下的是小麦，无数麦芒组成的画面和这些密密麻麻的玉米雄穗是如此的相似。我不能阻止往事或忧伤填满我的记忆，就如那脚下的流水，源源不断地流向远方。我看到了我的童年，就在那些田地里，我和母亲两个人在麦地里种下豆种，七月的日光热烈地洒在麦地里，我们把头深深地埋在已经抽穗的麦地中，汗水像流水一样流进麦地，渗入泥土之中。我望到了我的麦田，我望到了我幼稚迷茫的身影，在那茫然一片的田野里，置身其中的我，不知道三十年多年后，还会站在这河流之畔，带着无比的忧伤眺望那块麦田。望着曾经种下豆种的麦田，忽然觉得这三十多年的出走，不过就是为了此刻的回望，我和麦田的距离没有改变，只是中间隔着三十多年的风雨和秋冬。那时在麦田里劳作的我，不知道未来的时光该如何变幻，但心里却是美好的，对未来充满了无限的向往。而此刻，那时的美好和向往都化作了忧伤，经历的三十年仿佛就是一瞬间，三十年的风雪落在了时光之中，无影无形，之间的欢乐和伤痛随着流水流向远方。

还有那些水闸，立在河流的中央，一群孩子站在水闸上面，望着那闸门之下的流水，笑声和流水声一样，充满欢乐。如今，它们仍旧孤零零地立在那里，熟悉的外形和构架，还是三十多年前的模样。但就是这些熟悉的事物，让我不能控制自己的情绪，它们放射出一股无形的磁力，深深揪着我的心。

我的情感被彻底沦陷，脚下的每一根草，每一块石，都是如此亲切，它们一直等了我三十年。而今，故乡开发了旅游业，在这个峪口中，修建了亭台楼阁，停车场，还有拦河而建的水池。明代的徐霞客曾路过这里，他看到了距今约四百年前我的故乡的风貌：村居颇盛，皆植梅杏，成林蔽麓。但是庚子仲夏的一场洪水冲垮了这一切，洪水漫过水池，淤泥堆积，道路被水流冲垮，塌陷，木桥已不知去向。童年的我赤身裸体站在瀑布下，接受水流的冲击，水流击打着我的每一寸肌肤，内心的欲望蠢蠢欲动。爬满苔藓的石头还在，但瀑布被泥石截成一股，当年那潇洒洁白飘逸的身影不复存在。这就是另一种忧伤，故乡因旅游改变了面貌，但是又因一场洪水彻底毁掉了一切，断掉了我回来的路。我看到了它最狼狈的一幕，也许它一直在以最美的容颜等我归来，但等待的时间太久了，我心怀的美好，积压的情感，在这一刻，就如我眺望麦田的忧伤，彻底被时间搅乱。

而河流是无辜的，它本不想搅乱我的心情，还是我童年时的样子，欢快、纯真、无忧无虑，毫无忧伤之感。只是我的心境变了，我不应该在它的面前心怀忧伤，我是带着满腹的故事的，虽然只是停留片刻，但对我来说，足够一生。

2

在甸顶山奔跑，就如在一朵云上奔跑，你感觉没有踩到地上，而是踩在天空之中。因此你感觉离神很近，就像从人间越过云层升入天堂，进入到一个陌生的世界。在人间，风只是过客，它们急匆匆地掠过大地和房屋，而这里是风的故乡，是风长期驻守的家园，时刻围绕着你，你随手可以触摸到风柔滑的肌肤。旋转的白色风车，立在山顶之上，如天上的星辰。满眼的绿色，缀满各色花儿，就如一块无边的地毯，铺在高高的山顶之上。那些深绿色的松林，如密集的潮水般涌来，漫过河堤，又像是千军万马在山坡上集结，等待冲锋的号角。

是的，你可以尽情地奔跑，你的眼前是一副油画，深绿，浅绿，淡绿，深黄，浅黄，白色，这就是一个童话世界，你回到了童年，可以冲着头顶的白云呐喊，甚至想象着用手拨弄那风车叶轮快速地旋转。因此，我们都像孩子一般露出了天真的笑，释放了隐藏于内心很久的忧伤，仿佛完全脱离了地球的引力，奔跑着，跳跃着，呼喊着。你迎面而来，如一阵风吹过，拂过我的面颊，带着草原的香气。那些花儿，如漫天的繁星，落满整个地毯，迎风晃动着，扭着腰肢，跳着欢快的舞。

雪绒花，多么美好的名字，这些生长于欧洲阿尔卑斯山脉高山之上的花朵，现在也开遍了塞外高原海拔两千余米的甸顶山上。多么纯洁，洁白的花瓣，拥有雪花一样的颜色，象征着爱情的冰清玉洁。一切都是清新的，仿佛水洗一般明亮。你的思绪一定是缥缈的，不真实的，你不知道要奔跑到哪里，哪里都是天堂，来来去去你仿佛还在原地，没有大的变化。无非是脚下的花丛，头顶的白云，眼前的蔚蓝，耳畔的风语。于是坐下来，却发现草地之下又是一个世界，花草的根部，是一些菌类，蚂蚁不停地忙碌着，还有一些风干的牛粪和枯死的草。你还可以细细地观察那些各色各样的花儿，只有静下来，坐下来，你才可以尽情地欣赏她们的风姿，红色，黄色，紫色，白色，淡蓝色，色彩足够丰富，外形各不相同。

牛群是悠闲的，它们随意在草地上漫步。你为这样的画面感动，白云下面，无垠的草地上，黄色的，黑色的，黑白相间的牛，或卧，或立，或低头吃草，或抬头望天，一切都是自然的。牛是幸福的，他们脱离了人间的苦役，生活在这开满鲜花的甸顶之上，我从路边飞奔下去，径直跑到它们的身旁。我蹲在一头牛的面前，它抬起头望我，它的眼神清澈如水，映照着蓝天白云，多么慈祥，充满爱意。我就这样和它对视，它根本没有躲开我的意思，专注地看着我，就在这一刻，我仿佛看到了另一个自己，这么多年，在尘世中行走的是我的肉体，我的魂却在这里悠闲自在地活着。我就是一头牛，我的属相是牛，我拥有牛的韧劲和耐力，想到这里，我还是很释然，世界还有另一个自己在这风光无限之处享受着美妙的一生。和一头牛对视，就是和自己对视，和纯净的灵魂的对视，和相依相伴的爱人对视。

油苹苹挂满树枝，就如一个个灯笼一样，红的惹眼，你手捧着那些灯笼，微笑着，像一位从天边飘然而至的仙女，向人间送来吉祥。天然桦树林一丛丛排列在路边，像一个个少女露着洁白的胳膊，一路歌舞，一路清香。甸顶山把最珍贵的礼物献给人类，桔梗、苦荬菜、野黄花、蘑菇、沙葱、野韭、百合、雪绒花、羊肚菌。多数是药材，它们远离烟火之城，静静地在这千米之上生长，这些本身带有药性的野草，是甸顶山精心培养的精灵，它们吸纳了天地精华，无私地返回给人类。云雾弥漫下的甸顶山，更显它的神韵，如在天宫一般，云雾落满整个草地，草地上的事物若隐若现，此时的奔跑就是在腾云驾雾了。那云雾在快速地移动，如万马在草地上奔腾，又如一只只凤凰展翅高飞，忽又如奔腾的流水，一泻而下，瞬间淹没了草原上的牛羊。

甸顶山是忘忧的，附着在你身上的烟火气随着路途的攀升，渐渐地被抖落在沿路的丛林里，包括一直占据你脑海的人间杂事，被甸顶山沿路的清风如抽丝一样剥离，慢慢地飘落在满眼绿色的山间。你踏入草原的那一瞬间，人间的一切都已丢的一干二净，这时的爱是纯洁纯净的，是被那干净的风和无尘的露清洗过的，是透明的，是折射着七彩阳光的，是显出了爱的本源，爱的初心的。

在甸顶山，爱是辽阔的，纯粹的。

最后的讲述

杀虎口，杀虎口，没舍钱财休想走，不是丢钱财，就是刀砍头，过了杀虎口，手脚还在抖。——民谣

塞外九月，冷气瑟瑟的早晨，车窗外一望无垠的绿色。太阳刚刚露出头，金色的光线径直从窗玻璃泼进车内，洒在脸上。喜欢这感觉，如梦如幻的氛围笼罩着车内的每一个细小空间。

听到杀虎口，就被这个名字征服了，一股寒气直逼胸腔。那个充满恐怖让人心惊的民谣总响在耳边，人迹罕至的地方，到处是毛骨悚然的尸骨，强盗横行、荒草萋萋、寒风凛冽、乱石成堆、野兽出没，我总是这样想。

道路两边几乎看不到村庄，草原一般辽阔，一览无余的绿色是车窗外唯一的风景，虽是荒郊野外，但你看不到牧人。这里已禁牧。一览无余的乡野之中是一条黑色的道路，如一根飘带，由着自己的性子向前延伸。路两边的山像馒头，没有顶，没有险峻的岩石和悬崖，缓坡丘陵地

153

貌。整条苍头河从南流向北。所有这一切，和我的想象天壤之别，美好秀丽的前方是一个杀气腾腾的关口。

车到达杀虎口，我被那里的空旷辽远震撼了，山青云飘，天净风轻。

习惯行走，有人说，真正的文化在路上。我坚持使自己走在路上，寻找隐藏在民间的文化基色，寻找游离于身体之外文化元素。

> 历史远去，长城犹存
> 当年守城的士兵正沉睡
> 我的脚踩碎了过往山口的风
>
> 一个人的追寻到底有多远
> 神说，路有多远追寻就有多远
> ……

有关杀虎口的故事很多很多，随便掀翻一块石头和一片瓦砾，就有讲不完的故事，它们或悲、或喜、或缠绵、或决绝、或凄迷、或激烈……

乔贵发，一个出生在清初的山西乔家堡农民，七岁丧父十岁丧母，寄住在外祖母家中，外祖母祖父相继离开人世后，他又回到出生地乔家堡。那年，他和邻居的女孩相爱了，在一个夜晚，秘密私订了终身。他把这个想法向女方父母说了，却受到对方的极力阻挠和耻笑，最后只好眼睁睁看着自己心爱的女人被本家的一个有钱侄子娶走。经历了童年失去双亲的乔贵发，又受到了村里人们的耻笑和鄙视，内心坚强的他没有了退路，他毅然选择了出走，那年他十八岁。

一七三六年某月某日的一个早晨，选择了离开家乡的乔贵发，推着独轮车孤独地上路了。他态度坚决，意志坚定，在路上他到底还想了些什么，我们无从知晓，北方的黄土坡一个接一个，路漫漫没有尽头。乔家堡离杀虎口距离不算近，乔贵发没有退路，他也许在一个日落时分走到了杀虎口。夕阳如血，杀虎口在血色夕阳的照射下，显得冷如钢铁，他的面孔被染成了凝重的紫色，一个普普通通的山西农民，他怎么也不会想到，他这一走，竟然走出了一个纵横全国的商业王国。

乔贵发在祁县老乡的帮助下拉了几年骆驼，然后是做豆腐、生豆芽。乔贵发勤劳踏实，肯于吃苦，也不乏几许精明，几经周折，终于创业成功。孙子乔致庸执掌大权时，乔家的生意发展到了极盛时期，以包头为中心，散落在全国各地有二百八十余处乔家的店铺，"先有复盛公，后有包头城"足以说明乔家商业帝国的强盛。

桃松寨，一个历史上很平凡的女子，但这个女人却和一场战争紧密相连。桃松寨是俺答汗之子辛爱的妾，肯定是长得有几分姿色，不然辛爱是不会纳她为妾的。自古漂亮女人都会留下一些风流的艳事，这个有几分姿色的桃松寨受到辛爱部下一个头目的勾引，于是他们便混在一起，桃松寨背叛了辛爱。当她的不轨行为被辛爱发现后，桃松寨知道事情的严重，不然她是不会逃跑的，为了保全性命，她竟然逃到了大明朝。不知跑了几天几夜，终于逃到了杀虎口，和她一起逃跑的还有那个和她鬼混的头目，他们两个人逃到杀虎口后，立即被大同总督杨顺扣留。

桃松寨是聪明的，她知道大明朝肯定不会杀她，因为她是和俺答汗有关系的女人。果不其然，杨顺为请功邀赏，将她送进了京城。这样战争就来了，辛爱不干了，率领人马进攻了杀虎口，包围了右玉城。杨顺害怕了，请示皇上后，把桃松寨归还了辛爱，可并没有避免战争的发生，这场战争从一五五七年九月一直打到第二年四月，长达八个月之久。因为一个女人，那么多男人战死在沙场；因为一个女人，整个右玉城的军民遭受了巨大的损失，包括生命。正当右玉城再无力坚守之时，明王朝派的援兵赶到，才得以解除被攻破的危机。

再次走进杀虎口，正逢一场大雪的降临，白茫茫一片，更加空旷悠远。那条黑色的西口古道，埋在白色的冬雪之下。古道尽头，是一座单拱石桥，取名通顺桥，当年有多少人曾从这里进进出出。经过这座小桥和这条古道，求得平安和顺利。乔贵发为了谋生出去了，最后创造了晋商的奇迹；桃松寨为了逃命进来了，回去后却被辛爱活活刺死；走西口的哥哥出去了，妹妹们走在古道上，慢叮咛细嘱咐，一步一滴泪，哥哥们一步三回头，辛酸无处话凄凉。

这块空旷的土地，真正赋予它杀气的是那些大大小小的战争，汗伐匈奴、唐战突厥、宋驱契丹、明御蒙古、康熙远征叛军噶尔丹、民国军阀混战，无数士兵的尸骨就埋在这块土地之下。平缓的苍头河曾被无数士兵的鲜血染红，夕阳下越发显出它的悲壮。走过的路上，一不小心就会踩到他们的尸骨，经过的空气，一不留神就会和他们的魂魄迎面相碰。这么说来杀虎口就是一个大大的墓场，想来令人毛骨悚然。

站在堆着积雪的平集堡残缺不全高高的土城墙上，眼底一片寂静。眼前的院子里一个老人在干活，他始终没有抬头看我，除此之外再无他人。一个宽阔的场地里拴着的骡子和黄牛，有狗在冲我狂叫。而任何坚固的城堡都敌不过岁月的变迁，今日的杀虎堡已被夷为平地，只残留一点轮廓，而新堡保存的还算较为完整。

透过岁月的薄雾和轻纱，让历史缓缓回放。我站在平集堡和中关城墙的交汇之处，站在厚厚的积雪和荒草之间，站在历史和现实的对视之间，我就是当年守卫的士兵，几百年后又回到这里。其实我的灵魂一直未曾离开，我目睹了杀虎口的兴衰起落。杀虎口曾是"日进斗金斗银"的地方，确实不假，自从这里设立税卡关口以来，就一刻也没有闲过，什么米面油糖烟酒盐茶税、荤腥腌腊海菜香料干鲜果品税、冠履靴袜棉毛丝麻皮毛骨角税、金银铜铁铝锡器物税，还有牲畜木植等十余个项目的税费。除了口外的贡品和回口里的灵柩，还有驾辕的骡马不打税外，就连口外回口里的姑娘孝敬爹娘的鞋袜被发现后也要打税。杀虎口当年的贪污是令人触目惊心的，那么多的税银，最后落到皇帝手中就寥寥无几。出任杀虎口的监督，都是皇帝亲自任命，多是宗室贵族，谁到杀虎口就是一个目的：捞取钱财。如果收十个制钱税款，皇帝最多只能得四个，剩下的经过层层剥夺后全部流落在税收人员的手中。

当年，这里每天是人声鼎沸，车水马龙。到处是店铺和商人，人口最多达五万之众，有大大小小的庙宇五十余座。玉皇阁、真武庙、吕祖庙、火神庙、观音庙、三清阁、白衣寺、奶奶庙、财神庙、十王庙、城隍庙、关帝庙、三皇庙、大王庙、马王庙、岳王庙、二郎庙、文昌阁、五道庙、土地庙、水泉庙、东月庙、茶坊庙等数不胜数；三教九流无所不有，有达官贵人、商人、士兵、武将、和尚、尼姑、道士、戏子、妓女、先生、赌徒、屠夫、农民、侠客、杀手、乞丐、逃犯、盗贼、算命者、流浪者、卖艺者、行骗者等应有尽有。经济的繁荣促进当地教育的兴盛，这里曾出过七名翰林学士、两名将军、五名举人，因此曾一度有"北有杀虎口，南有绍兴府"之说。

昔日繁华如一梦，所有的嘈杂和喧闹被岁月一丝一缕地带走了，这白茫茫的积雪下面，掩盖了一个曾经被誉为北方最大的商品集散之地。而此时的我被历史的手紧紧抓住不能移动半步，真想就此定住自己的脚步，站成一株堆着厚厚积雪的北方白杨。在诸多早已破败的房子前静静伫立，把自己幻化成当年房子的主人，用极具伤感的心情来抚摸那些熟悉的物什。蜘蛛网挂满每个房间的角落，墙上的泥皮已掉落，斑斑驳驳，门也倾斜，窗棂上精致的雕花还残留着往日的气息。我屏住呼吸，生怕触动那些尘封的往事，也许就在我站立的窗前，当年的女子把自己的一生给了她情愿或不情愿的男子。或许她就来自口外，因羡慕这里的繁华来到这里；或许她是嫁给了一个勤劳的农民；或是嫁给了一个精明的商人；甚或是嫁给了一个赌徒、一个官宦子弟、一个守护杀虎口的官兵，也或许这里就是一处当年红极一时的妓院。

现在的杀虎口已然成了一处破败的院落，触摸到的是沧桑，看得见的是落寞，车水马龙已成灰飞烟灭，残、伤、哀、叹、无望、无助、无情、无奈、空灵、幻觉、伤感、梦幻、空寂、荒草、蛛网、残缺不全的城墙、孤立无援的城门、三三两两的鸡和骡子、空无一人的小卖部……该怎样和它进行交流？我找不到一个进入的理由和空间，我处在一种非常绝望的状态之中。

而他，一个见证并能讲述出杀虎口很短暂的一段历史，一个杀虎口土生土长的出生在一九二〇年且是杀虎口现年岁最长的老人，一个蜷缩在平集堡一间普通的房子里只等着我到来的老人，却为我解答了诸多难解之谜。

我只是由着自己的步子在平集堡里行走着，是什么让我的步伐在他的门前停了下来，我只是想找个人说话，可大街上只看到一个出门来倒垃圾的五十多岁的男人，此外，再无其他，哪怕是一只觅食的鸡也好。我走进他略显黑暗的家中，家里的一切显得阴森森的，有一种令人不由自主发冷的感觉。到处是供奉神像的牌位，炕上半躺着一个分明是腿脚不灵便的老人，他的周围是一堆十分肮脏的被褥，旁边是一只刚刚睡醒的十分健壮的猫咪。显然是我的到来搅乱了房间死寂的空气，而他就是杀虎口现健在的年龄最大的老人范润。

虽然走路不方便，但老人却精神矍铄，很健谈，且总能把握住说话的节奏，总是把你自然不自然地引进他的故事中。我是先说明来意的，老人似乎对这样的贸然来访很是习以为常，他说不久前有北京和太原等地的客人曾来过他家，都是询问有关杀虎口事。是的，一个长我五十多岁的老人，在这个落雪的平常日子里，就这样和我相遇了，我们都没有预见，却又好像是注定。在整整一个多小时的交流中，老人的讲述似乎有些凌乱，我不得不进行整理，梳理成这样一些很难连贯的文字和段落：

父母逃荒到此，生下他，为什么要逃到这里，怎么逃的，都无从想起。小时候，还清楚记得，这里是一个相当繁华的小城，外地的姑娘都要嫁到这里来，街道两边是密密麻麻的店铺和票号。可有的分明已经开始破落，但所有的繁华都集中在了平集堡里。然后是日本人入侵，烧杀掠夺，然后是参加游击队，转战各方，带领上百人严重打击和扰乱敌人的后方。最后却是参加了国民党，七个月零十一天后，回到了家乡杀虎口。"文化"期间受到批判，上街游行，但最终活了下来，一直在家乡生活到现在。三个儿子两个女儿，二女儿去年得病去世，三儿子大学毕业后在城里工作，都已成家。经常有来此地考察的学者和记者，都要到他家里询问，现在儿女们都很少来看望他了，一个人住这么大一处院落，显得很寂寞，幸亏有猫陪伴在身旁。村里留下的都是些老人了，最小的也有五十多岁，几十年后，这里将无人居住，真正成为一片废墟，杀虎口将就此消失……

我不知道是什么时候走出他家的，天空已经开始变得灰暗起来，在这个十分破败的堡子里，没有一丝声响，一片死寂，我甚至怀疑这是一片巨大的露天墓地，是传说中神鬼出没的地方，我一不小心竟然走进了它的内心。此时的寂寞和寂静已掏空了我热气腾腾的内脏，我仿佛感觉自己快要被这里凝固的空气所埋葬。我开始努力往外走，可腿脚却相当固执，在这个大雪覆盖的到处是死一般沉寂的村庄里，我是唯一在街上行走的活物。我开始跑步，想快速离开，可那条几百年的古道却总让我处在一种磕磕绊绊的状态之中，就那么生硬地一路触碰着我的柔软和伤痛。

我逃出杀虎口的最后一段路程，却没有勇气再回头看它一眼。

神女峰

　　一位少女实在是走累了，你不知道她从哪里来，要到何处去，反正她是走累了，就躺下来休息片刻。睡姿是那样的优美：飘逸的长发随风舒展，高挺的鼻梁、俊俏的脸庞、修长的脖颈、高耸的乳房、丰满圆润的臀部、细长的双腿，还有她那小巧玲珑的双脚。她躺下多少年，无人知晓，也许是睡着了，人间的风雨雷电都无法惊醒她。

　　在大同众多的山脉中，殿山不会有更多人知晓，而殿山这个巨大的睡佛，被世人发现也才只有十年左右。她偎依在马头山宽广的胸怀中，与华山遥遥相对，呈东南西北走向。虽然殿山脚下修了公路，但殿山只是作为群山中一座普通的山峰从旅客眼前一闪而过而已。登上殿山，才发现她的体肤是那样的粗糙，多年风化，岩石皲裂，一蹬即成粉末，完全没有了一个少女应有的肌肤。最令人失望的是殿山脚下的河床早已干涸，那些曾经日夜流淌在她身边的柔情在岁月的侵蚀下已荡然无存，桑干河也只能远远地向她观望，随后向北轻轻一摆便飘走了，殿山是有些伤感了。

　　通向殿山主峰的是一条一米宽的盘山土路，听随行的陈女士讲，这是当地村民修筑的，几千米长的路程，需要铲平路边的岩石，挖除茂密的灌木，工程很艰难。然而更艰难的是要在山腰上建起一座座高大的高压输电线铁塔，这条土路就是为了建铁塔需要把一袋袋沙石和水泥，还有一段段铁架从山下运上来而修的。关键是缺水，水是村民们用毛驴一桶桶从村里驮上来的。一座座高大的铁塔排列着整齐的长队在阳光下显得耀眼，这些铁塔就是为缓减北京奥运用电紧张而修建的。从神头电厂一直架设到北京，殿山有幸成为其中的一段。修这条几公里长的盘山土路，当地的村民只收了四百元钱，殿山脚下村民的善良、淳朴，还有发自内心深处的善良，那位神女是知道的。

说到善，还是刻在山顶一座破败寺庙前石碑上的四个字，让我感到了深深的震撼，"万善同归"，是否可以理解成为世界上一切有善意的思想和创举，都会有一个好的终结。然而，殿山最令人伤感的地方就在这里，当游人终于穿越茂密的灌木，爬上悬崖峭壁，喘着粗气，忍着满手被灌木所扎或被岩石所磨的疼痛爬上山顶时，展现在你面前的却是断墙残垣，万木萧条的一座破寺。我们无法想象当年这里的繁荣景象，无法想象当年这里曾有多少高僧从这个残缺不全的门洞进进出出，无法想象当年供奉神像的香火是多么的令人神往。院中舂米的石槽还在，总体数来，寺内的建筑均为石砌的窑洞，多数屋顶已塌陷。洞中有洞，洞洞相连，有前院后院，上院下院之分，洞内墙壁上的字画几乎被毁于一尽，仅存的一幅，是一个手执利剑的武士和一条张牙舞爪的巨龙展开的搏斗，画面栩栩如生，活灵活现。正义和邪恶较量，世上一切的邪恶均被高悬的正义之剑所俘获。

这个寺庙叫殿山寺，一切可以辨认的碑石都已模糊不清，残缺不全，失去了原有的容貌。陈女士讲，这个寺庙建于七百年前的元代，毁于"文革"，至今在庙前的那块残碑上还保留着西浮头村陈家后代为寺庙捐赠的款数和人名。秋风狂劲，吹越了千年万年，殿山的植被呈现出秋天的颜色：灰色的灌木，淡黄到深黄的桦树林，紫红的不知名的一树一树的野果，依然翠绿的松柏。站在寺庙最高处，感受殿山的沧桑，哗哗的流水声是那阵阵的松涛在风中演绎的绝美音色。山下苍黄大地，散落着几个同样苍黄的村庄，偶有几声鸡鸣狗叫声顺着风声传来。在寺院倒塌的房屋中依然可见残缺的瓦片，上面精美的龙凤图案令人为之惋惜。时光倒转，三十多年前的一个阴冷清晨，一群人接到了上级命令，他们就急匆匆地向山顶的寺庙赶来。手里拿着铁棍和镢头，院中专心舂米或攃药的小和尚根本无法预料，一场大难就在眼前。到达山顶后，这群人开始了他们的罪恶行动，他们打碎了所有的香炉，把一尊尊供奉了几百年的神像次第扔到山下，能砸的全部砸烂，能扔的全部扔掉，一场人间悲剧就这样上演……

战争年代的防空洞就建在寺庙的两侧，洞内风声一阵紧似一阵，这些都是当地村民一锤一锤穿凿的，有的洞内十分宽敞，便于隐藏弹药和物品。陈女士讲，在攻打平型关战役中，这里曾驻扎过军队。当年的战火早已熄灭，只有千年不变的风声从这里穿过。站在洞中，你依然能够感受得到当年村民穿凿石洞的撞击声回响在耳畔，他们挥舞着大锤，拿着坚硬的钢钎，一下一下，顾不上擦去头上的汗水，手上磨出了血泡，也许有的再也没有从那里走出来，索性就变成了陪伴殿山的一根野草，春天开着绚烂的花朵，秋天随秋风一起舞蹈。

山坡上成片成片的沙棘林正逐渐枯萎，近几年无人采摘，沙棘便成片地死去。或许是气候环境的变化，让成片的沙棘无法适应它们的生存环境吧。陈女士说她童年时经常在深秋季节，跟着家人或儿时的伙伴们背着篓子上山采沙棘，漫山遍野的沙棘红的耀眼，放学后三五个人凑到一块，尽情地享受那份酸甜的感觉。儿时的伙伴们渐渐长大，走出村子，融进了城市之中，儿时的欢乐再也无从找回，从此沙棘再无人去采，在一年四季的更迭变化中，寂寞的沙棘林无法等到它所要等的人，只好含恨而去，实在令人伤感。好吧，就让这些权当作一个神话故事，一起同漫山遍野死去的沙棘葬在这秋风中吧。

我写下一首诗，来纪念沙棘林。

秋天的风吹遍殿山的每个角落
而不能忘记也无法忘记的是
漫山遍野的沙棘林

杂乱无章密不透风的灌木丛
满树成熟的叫不上名字的红色野果
破败地爬满荒草的无名寺庙
不知年代的充满风声的防空洞
这就是秋天，十月的殿山
一位熟睡的长发飘逸的女神

而不能忘记也注定无法忘记的是
漫山遍野死去的沙棘林
一片一片，秋天的颜色
就像我遥不可及梦幻的童年
远处的高压输电线铁塔
闪着耀眼的光芒，整齐地排列着
向着东方，北京的方向

而最不能忘记也注定无法忘记的
仍是漫山遍野令人失落而迷茫的沙棘林

原路返回，爬上高高的岩石，抓着藏在石缝里的灌木，一个一个吊着往下爬，不能回头，脚下是悬崖峭壁，耳边是呼啸的风声，地形之险峻，山势之险要，令人心惊胆战。从岩石下来，便是茂密的灌木丛，眼看目标就在前边，可就是过不去，远比一个人在水里跑要艰难的多，如无数丝线，等你去解开理顺，可谓是剪不断、理还乱。等到走出灌木丛，手上留下的是道道血痕，才明白什么叫披荆斩棘，突出重围。

下午三点的阳光无力地照着殿山脚下的西浮头村，村里的房屋显得十分破旧，干巴巴的石头墙在阳光下让人觉得刺眼。不少房屋已是人去楼空，空留下破败的门框和几根断椽裸露在世人面前，陈女士的母亲就站在村口等着我们的到来，花白头发，皱纹密布，微笑让人觉得好温暖。面对这样破旧的村庄，面对这样苍老的母亲，我差点没有控制住将要夺眶而出的眼泪。想想自己儿时生活过的村庄，那种感觉早已被苦苦的追寻所淡化和遗弃，一个人为了梦想不断地和现实交锋，所有的心酸和自卑都深深地藏在深处。而今天，面对这样的场景，我却终于可以把自己的心情裸露出来，真诚地融入这个古老的村庄之中。破旧的房屋和年迈的老人，三三两两的牛和毛驴，几只慢腾腾在路边觅食的鸡。推开大妈的院门，仿佛推开童年的记忆，院里是成堆的金黄玉米，秋天的气息弥漫着整个院落。大妈为我们准备了满桌可口的饭菜，坐在土炕上，吃一口大妈做的鸡肉，味道是那样的纯正，登山的疲劳和伤感的情绪顿时不复存在。

坐在炕头的大伯在谈到国家对农村减免了各种税费时，不时露出满脸的笑容，可以看出，大伯对国家政策的一万个赞同，一万个满意。我相信，大伯的微笑是普天下所有农民共同的心声，我想起殿山之顶破寺前石碑上刻的"万善同归"，想到为什么村民们不惜一切代价修建那条盘山路。

这所有的一切，均不需要回答，万事万物自有它运转的规律。

山中白羊

上白羊像一个被世界遗弃的老妪，静静地躺在白羊峪的出口旁，显的很无辜。我们的到达，给这个小小的村落带来些新的气息，搅乱了对这个村庄来说固有的平静。整个村子到处是石头堆砌的房屋以及歪三倒四的残墙断垣，古老的戏台、破旧的院子，一群妇女老人坐在街道两旁做着手中活儿。她们的身旁是几个玩耍的儿童，脸上淳朴的表情像未受世俗浸染的一面湖水，还有几只悠闲自在的母鸡在那里旁若无人地觅着食物，在门口朝我们"汪汪"叫着的是一只狗，显得很凶的样子，主人朝它"嘿"了一声，那狗便有点不情愿地扭头走回了院子。让我们觉得这个村庄唯一有点活气的地方，是在那个古老的戏台旁正在玩牌的几个年轻人，他们全然不顾我们的到来，玩的正是劲头，时不时发出一声声爽朗的笑声。

和这个有些破败的村子形成鲜明对比的，是村子背后那郁郁葱葱的大山，在夏日阳光的照射下，显得更加苍翠。站在沟口，便有一股草木的清香迎面扑来，直入心脾，一种久违的感觉，让人精神大振。顺着沟口一直往里走，一条不大的河流哗哗地流淌着，这让我想起一个词语："欢快"，是的，应该用欢快的河流来形容。这条河，不大，清澈见底，多少年了，它就这样欢快地流淌着，这倒让我想起家乡的那条小河来。它们不是寂寞的，它们不因孤单而显得孤寂，它们永远是那么的快乐，哗哗地流淌着，快乐地奔向遥远的未知。在这条欢快的小河两旁，是无数的发着银灰色的石头，在阳光的照耀下，它们发着耀眼的白光，静静地闲散地或躺、或卧、或站、或爬，形成白羊峪的一大特色。那些白色的石头活像一只只白羊，沐浴在这个不算炎热的夏天的阳光下，这时刚好有一群羊正从我们的前边经过，那些白色的羊群和那些白色的石头是如此的不可分辨，令人惊叹。

细细想来，这白羊峪也并没有特别出奇的地方，她和其他山峰一样，很普通、很平常，像一个未经打扮的村姑。远没有五岳的雄伟，华山黄山的秀丽，更没有什么寺庙和香炉，现在没有以前也未曾有过，这倒显示出她的纯真、天然，显示出她的原汁原味，她的返璞归真，但这就是她最大的特色。在我看来，白羊峪也是半阴半阳，左边是一个草木繁茂富有柔美气息的少女，而对面却是一个阳性十足的肌肉和筋骨突显的壮年男子，这大自然就是这么的不可思议，如果你仔细观察就会发现这其中的奥妙。两个中年男子在一块开阔地聊着天，他们的身后是几十头骡子，长的黝黑发亮，经过询问，得知，他们是上白羊的，现在不是农忙季节，村子里的牲口要集中起来轮流去放，每家至少半个月轮一次，这一天刚好轮到他们了，从早晨到晚上七点左右，整整一天，就在这山沟里，中午自带干粮。说着，他们点燃了一堆干柴，把一个烧的发黑的看不出颜色的缸子放在了火上，煮起了方便面。在这山野之地吃一顿野炊，绝对是一种美事，这让我觉得，这里的人们好像还生活在古老的年代，根本不顾及世界上每天发生的事情，悠闲自在地生活着。那边有两个年轻人在河边喝起了酒，那样的陶醉，忘乎其山水之间焉，像是两个眷恋山水的诗人在那里对饮，只有在古诗词中才能体会到的意境，就发生在我们的眼前。年轻漂亮的赵姑娘，分不清哪些是骡子哪些是马，只是觉得很可爱、很新奇，便坐在一块白色的巨石上，和身后的骡子留了个影。她的笑容竟也是那样的自然，和那正抬起头看她的骡子很是默契，引的人们一阵好笑。

草木茂盛的那面山坡，山上大多是一些白桦，还有其他的一些灌木，松树少了一些，红艳艳的山丹丹花就开在脚下。夏日的白羊峪是清凉的，虽然头顶有烈日高照，但是吹过山野的风还是让人们感到了这沟里的凉爽。山上没有太过奇特的石头和悬崖，有的是一些普普通通的植物和平平常常的风景，不过让人眼睛一亮的是那一股从山眼里流出的泉水，清澈、清凉，喝一口，凉到骨髓。大家纷纷上前把那些空瓶子一个个灌满，细细品尝，有点甜。掬起一捧水洗一把脸，大脑冷静许多，降了温。越往山顶，树木越是繁茂，也高大起来，最后是人被树木严严实实地包裹在其中，不知名的鸟从脚下忽地飞起，有种差点踩住的感觉。林中气息更加凉爽，崎崎岖岖的山路、林林总总的石头、密密麻麻的野草、枝枝蔓蔓的树木，叫不上名的野花，一簇一簇。山丹丹独自在那里开着，不争艳，但却抢眼，有蓝色、有紫色、有黄色、有白色。竟然也有黑色的、不红不紫的、既黄又红的、又粉又黄的。她们静静地开着，有谁知道她们的快乐，她们什么时候开的又是什么时候落，是的，她们该开的时候就开了，该凋零的时候就凋零了。春天花开秋天叶落，来去从容，花谢花会再开，春去春会来，这是大自然的从容，真有点让人羡慕。

白羊峪的山顶很普通，没有开阔的平地，也没有咄咄逼人的悬崖峭壁，一切是那样的不起眼，但又很和谐，树木和山石之间相处的恰倒好处，山石和山石之间又磨合的亲密无间。望不到边际的绿，望不到边际的苍莽，天上的白云随风飘动，留下阴影不断地覆盖在我们的身上，又急匆匆地挪开了。望着满坡的白桦和少量的青松，白羊峪夏日的绿色就尽收眼底了，在正午阳光的照射下，那些绿色显得有点发黑，而黑的又是那么的鲜艳，郁郁苍苍，像一副笔墨浓重的山水画。但那些颜色总觉得又是笔墨无法调配出来的，只有大自然才有这样的神功，在这样的景色之中拍一张照，是留住此时此刻醉人景色的最好办法了。

由于干旱少雨，白羊峪的瀑布就显得没有气势了，不大，深藏在大山之中。一股不大的水流从顶端落下，发出刷刷的声响，没有那些大瀑布轰隆隆的威力，却也有小的亲切。我见过大瀑布，比如壶口瀑布，气势磅礴，让你有种距离感，不敢靠近。而眼前的这个瀑布，就让人觉得很亲切，显得很细腻，像一个少女，甚至还有点害羞，不敢大声说话一样。你可以用手控制她的水流大小，一个瀑布，完全由一个人控制，什么感觉？所以我觉得，在白羊峪，这里的一切总和你离得很近，没有心灵上的距离感，有种天人合一的感觉，让你充分享受大自然带给你的快乐与悠闲，带给你的浪漫与神秘。

那些骡子和那两个中年男子是和谐的；那两个坐在河边饮酒的年轻人和那山色是和谐的；甚至那条刻在石头上天然的白蛇和那块黑色的巨石是和谐的；那条刷刷的瀑布和那条哗哗的小河是和谐的；那满山苍翠的绿色和那满天飘荡的白云是和谐的；结伴而行的青年男女和河流两旁那一块一块相依偎的白色石头是和谐的。其实一切并不神秘，你之所以觉得神秘，是因为你的心里总蒙着一层不愿让人触摸的屏障。

在雨过天晴阳光普照的山沟里，一块块白色的石头像白色的羊群一样沐浴在阳光之中，这就是为什么叫作"白羊峪"的原因吧。

寻找烈士墓

在这个不算寒冷的元宵节早晨，保德县城一派祥和，残留的夜色还未褪尽，我们便驱车行驶在县城东南方向的公路上。随着路程的不断加长，黎明也在悄悄到来，灰蒙蒙的黄土高原渐渐变得清晰起来：沟壑纵横，土丘连着土堆，山路纵横交错，乱如麻绳，望不到边际，让人绝望。烽火台高高耸立在苍茫的黄土之上，十里一墩，可以想象当年狼烟四起的战争是怎样在这片黄土地上进行厮杀的。几个村落稀稀拉拉地散落在连绵起伏的高原上，就如一个作家所说，那些村庄是母亲随手撒落在高原上的一把种子，然后就在贫瘠的土地上生根发芽了。几间民房悬挂在对面的山梁上，遂想起流传在当地的几句民歌：对坝坝的那个圪梁梁上那是一个谁，那就是我那要命的二妹妹。你在那个圪梁梁上哟我在这沟，拉不上那个知心话话哟咱就招一招手……似乎只有这样美妙的歌声方可给这片土地带来一点点色彩。低垂的云层泛着凝重的紫红色，重重地压在高原的肩上，远处可以看到黄河弯弯曲曲的河道，把整个高原一路切割下去。

一条不算宽阔的柏油路蜿蜒在黄土高原的深处，像一条弯曲的绳子，把一个个黄土坡牢牢地捆绑住；或是像一根甩出去的鞭子，把黄土坡甩出了一道深深的鞭痕；或是像一条匍匐爬行的蟒蛇，只见身而不见首。随便你怎么想，怎么比喻，那弯曲的发青的带着寒意的路始终是冷漠的，只有两边的黄土和几个冒着炊烟的村子给人一点温暖，车不停地盘旋着，最终在一处弯路上停下来。

　　今天我们要为烈士焦克显扫墓。焦克显，焦少松的三祖父，一九四○年二月十二日被阎锡山的部队杀害，时年三十二岁。而今天正好是二月十二，是烈士牺牲六十六周年的日子，所以今天的行动是有着一定的历史意义的。第一次在他乡过元宵节，第一次给一个烈士扫墓，而且是在元宵佳节的黄河边上，算不算冥冥之中的安排，令我无法解释。焦克显，一个在我生命画布上从未留下任何痕迹的人，一个出生在一九○八年，土生土长的保德人，一个完全可以看作与我没有任何瓜葛的人，而在这个时候，我却离他越来越近。每走一步，都在向那个年代靠近一步，就这样一步一步走回到一个民不聊生、背井离乡、流离失所的年代。

　　那个年代的中国，像一个遭到蹂躏后遍体鳞伤的母亲，在寒风中多么无助而又欲哭无泪。她的孩子们，一个个仁人志士站了出来，他们一边抚慰着受伤的母亲，一边用鲜血换取着并寻求着救国救民的道路。焦克显只是这众多仁人志士中极其普通的一个，这个出生在清末成长于民国的爱国志士，在这块黄土地上走完了他短暂而又悲壮的一生。虽然他的名字并不为许多人所熟悉，但作为千千万万个为争取民族独立解放而献出生命的普通的一员，他具有代表性。用简短的镜头来回放他的一生：一九二八年，焦克显考入太原国民师范学校，那里曾是徐向前学习生活过的地方，一九三四年，毕业后的焦克显在保德马家滩县立高级小学及附设师范班做了一名教师，第二年夏天，考入北京师范大学。由于华北形势危机，国难当头，他于一九三六年底便辍学去了绥远清河县进行抗日救国宣传活动，半年后，返回太原参加了牺盟会特派员训练班。一九三七年，焦克显加入中国共产党，任中共保德县委组织部长，后经中共岢岚地委内定为保德县长，一九三九年二月，他又任河曲县牺盟会特派员，在那里，他主办了《河曲民声》小报，作为对敌抗战的阵地。他在报纸上经常登载抗日新闻、统一战线、减租减息、青年参军等内容，坚持进行抗日救国运动。他的举动很快引起国民党河曲县政府的恐慌和憎恨，并被列入了黑名单，成为被逮捕的重要人物。这一年十二月，发生了"晋西事变"，驻扎在河曲的牺盟会受到了国民党顽固派前所未有的威胁。在一个情况非常紧急的日子里，焦克显正组织开会的会场被河曲的国民党包围了，焦克显一方面组织其他人员转移，一方面和敌人斗志斗勇，两次把包围的敌人训斥开，致使原准备在此抓人的国民党没能得逞。夜色越来越深了，危险也正一步步逼近，最后一个脱险的焦克显，此时却想到了距离县城几十里外的巡镇，那里有地下党县委书记黄恩明，可是不幸的是，焦克显在去往巡镇的路上被事先埋伏的敌军逮捕了……

黄土高原的黎明，萧瑟的田野有一些泥土开始复苏，也许就在刚才走过的某个地方，就有一个英雄在那里躺下，殷红的鲜血滋润了贫瘠的土壤。可是，我们寻了好长时间，焦克显烈士的坟墓却始终不见踪影。焦少松说，几年前曾来此扫墓，对地形还是比较熟悉的，于是，我们又在几个黄土坡上继续寻找。一个个相似的土坡呈现在面前，一样的荒芜，一样的长满荒草。曾有人说，童年在土里洗澡，成年在土里流汗，老年在土里休息，也有人说，童年交给了父母，成年交给了社会，老年归还了自己，然后就归还了大地。而英雄长眠的坟墓今天归还在哪里，难道是半个多世纪的风雨淹没了烈士仅留存在这个世界上最后的痕迹。又半个时辰过去，仍不见英雄的坟墓，两个在漫无边际的黄土之中到处寻找的人，像两个失去驱动力的陀螺，显得没有了章法，任凭双腿没有方向的摆动。在一个新建的砖瓦厂旁，我们停下了脚步，是不是这个新建的厂子推平了那些坟墓，只好前去询问。敲开一间贴有新春对联的平房的门，两个操本地口音头发凌乱面容消瘦的年轻男子刚刚从被窝里爬出来，看到两个陌生人的闯入，令他们多少有些意外。听懂我们的来意后，其中的一个睁着惺忪的睡眼，想了想，随后用手指了指窗外一个高高的土堆，说那儿好像有三个坟，当时在建这个厂的时候，我们故意把它留下。一是因为这儿的传统风俗，别人的祖坟是不能随意去挖的，再是那里正好能存放一些煤，我们把它当作了一个煤场。我和焦少松顺着他指给的方向走去，果然有三个低低的坟堆，一个已被厚厚的煤压住了一半，我们把煤铲开后，焦少松指着一个说，那就是烈士焦克显的坟。我看到的是一个几乎要被摊平的土堆，并不显眼地躲在一边，我知道，那里边躺着的是一个曾经被挖去眼睛、割舌断喉、剖腹挖心的英雄。当年并肩作战的战友们在岁月的风尘中一个个退出了历史的舞台，不知生存在哪一方天空之下，不管是健在的还是早已离去的，都在这块土地上留下了他们曾经的呐喊和彷徨，曾经的迷茫和奋斗，曾经的风花雪月和血雨腥风。

阳光像水洗一样，清晰地洒在我们的身上，有点寒冷。焦少松顺次进行了祭奠，曾祖父母、祖父母、三祖父。当年为营救战友而不惜牺牲自己的一位英雄，为民族解放做出巨大贡献的一位共产党干部，此时正静静地躺在我面前的地下。他的孙子，一位共产党员，一个国企的普通干部，此时此刻正跪拜在他的坟前。在晨光微照的黄土之中，他膜拜的身影显得很虔诚，他跪拜的不只是一个英雄，而是对一个时代的祭奠。

祭奠之后，焦少松又为烈士的坟墓添加了新土，然后匆匆离开。

焦克显由于常年在外进行革命工作，他没有为自己留下子女，解放后，中共河曲县委、县人民政府在县城附近为焦克显等烈士修建了烈士陵园，供后人进行瞻仰和怀念。上午，我们便驱车赶往河曲，河曲是焦克显等烈士曾经战斗并被关押的地方。站在黄河的渡口旁，望着那冰封的黄河，短短的一段，竟成了焦克显烈士人生最后的里程。遥望黄河北岸，灰蒙蒙一片，烈士的牺牲地灰口村无以确定，但烈士在人生最后的瞬间所走完的路程，就摆在我们的面前，相信黄河看到了，走西口的哥哥看到了，站在西口古渡的妹妹看到了。焦克显烈士在狱中受尽残酷的肉刑折磨，但他坚贞不屈，成立狱中党支部，发展新党员，团结难友一致对敌，适时组织越狱自救。可是就在我军要解放河曲的前一夜，狱中所有的共产党人，被押解到黄河对岸，第二天凌晨，遭到残忍杀害。

其实，他完全可以选择高官厚禄并保存自己的性命，但焦克显选择了舍生取义。他怒视敌人，敌人残忍地剜去了他的双眼，他又怒骂敌人，敌人残忍地割下了他的舌头后，又割断了他的喉咙，最后还不解恨的刽子手们居然又剜出了他那颗冒着热气的怦怦跳动的红色之心。焦克显那透射着文人气质的面容下面，竟然是那样地坚强和坚决，那样地无畏和决绝，他视死如归岿然不动的高大身影，如一尊塑像，就屹立在这九曲黄河的岸边，永不褪色。

古渡口

我该怎样描述这个渡口，夜空下，黄河一片银白。

千里冰封，滔滔的河水瞬间凝固了自己，流动的分子停滞，以各自的状态分散到黄河上下。不管曾有多少悲欢，都在这里停下来，聚集在一起，歇歇脚。但古渡口下仍旧可以听到汩汩的声响，银白之下，河水压低自己，在暗暗地向前奔涌。

白日的喧哗渐渐被夜色轻轻地掩盖，站在明月高照清风微拂之下的西口古渡戏台前，聆听着台上笙管胡琴镲锣鼓板唢呐的演奏，围着烧的通红的旺火，别提有多么的惬意。古老的戏台、现代的音乐、冰冻的黄河、现代化的住宅楼。还有那一对对的恋人，或穿梭在人群中，或依偎在古渡口的栏杆上，窃窃私语、缠缠绵绵，令人如梦如幻、流连忘返。

想起白日里的情景：锣鼓声、唢呐声、流行歌曲、二人台小曲、商贩的吆喝声、人群的嘈杂声、礼炮的轰鸣声、礼花的爆裂声、旺火燃烧的噼啪声充斥着每一个细小的空间。宣传车、礼炮车、鼓乐车、警车、摩托车在人群中缓缓地移动着。五颜六色的彩灯，挂满了县城的大街小巷。尤其听到那沿街店铺的二人台唱词：

　　　正月十五闹花灯
　　　我和那个连成哥哥去观灯
　　　西瓜灯，红个彤彤
　　　白菜灯，绿个茵茵
　　　芫荽灯，碎个粉粉
　　　韭菜灯，宽个森森
　　　……

使我瞬间就和这个小城融在一起。

而缠绕在心间的走西口却怎么也让人无法摆脱，站在这夜色之中的西口古渡，当年走西口的情景渐渐浮现在我的眼前。

　　　一道道山来一道道沟，什么人留下个走西口。
　　　烂大皮袄顶铺盖，穷日子逼得走口外。
　　　天不下雨地上荒，过不了日子好凄惶。
　　　万般出在无其奈，丢下妹妹走西口

这也许就是当年哥哥走西口的理由吧，有吃有穿的都留在家里陪着老婆孩子，而那些没吃没穿的可怜的哥哥们却不得不离开家，远走他乡，实在是无可奈何呀。

　　　哥哥你要走西口，小妹妹也实在难留。
　　　止不住那伤心的泪蛋蛋，一道一道地往下流

一声"哥——哥",凄惨揪心,直叫的哥哥蹲在地上,痛苦难诉,半天都说不上话来。这就是当年的渡口吗?当年的哥哥,你怎么就那么的狠心,把年仅十六岁的妹妹一个人留在这苍凉的渡口呢!你走后,谁将去照顾那身单力薄的妹妹?妹妹瘦小的肩膀将挑起那沉重的水桶,一个人牵着那只小羊走在弯弯的田间小路上。日落后,再不用站在村口的那棵歪脖子树下焦急地等你回来;睡梦中,再听不到你熟悉的打鼾声;吃饭时,再看不到你狼吞虎咽的傻样儿,越想越伤感,泪珠儿在妹妹那粉红的脸上不住地往下掉。

正月里娶过奴,二月里要走西口。

早知哥哥你要走口外,哪如哥哥你不要娶奴。

哥哥你一定要走,小妹妹我不敢留。

怀抱上那梳头匣匣,我给那哥哥梳一梳头

多少年前的那个夜晚,妹妹为哥哥梳了头,也许那晚就如今夜,明月高挂,清风拂面,油灯下,两个人相视无语。满肚的话儿却张不开口,只有妹妹的梳头声刷刷地响在寂静的夜晚,一声声如棉针,针针扎着妹妹的心;一丝丝如棉线,线线牵着妹妹的眼,妹妹随手藏下哥哥的几缕头发,复杂的思绪难于言表。

叫一声哥哥你走呀,尔下妹妹谁管呀。

听说哥哥要起身,小妹妹哭成个泪人人。

眼看哥哥要起身,嘶声喎哇放开声。

哥哥走来妹妹撵,袄袖子揪下半个截。

鱼离大河树剥皮,死好分离活难离

176

离别的场景实在是令人心酸难耐，可走西口的哥哥心意已决，妹妹其实心里也知道，挽留哥哥只能让哥哥更加难受，让离别蒙上一层难以割舍的阴影。

> 坐船你要坐船舱，你不要坐船头。
>
> 船头上风摆浪，怕把哥哥摆在河里头。
>
> 走路你要走大路，你不要走小路。
>
> 大路上人儿多，能给哥哥解忧愁。
>
> 过河水长流，不要独自走。
>
> 不论水深浅，跟人家手拉手

十六岁的妹妹拉着哥哥的手，是千叮咛万嘱咐，细腻的情感跃然纸上，伤心欲绝的离别就在眼前。黄河无语，西口古渡无语，只盼哥哥你要照顾好自己，早日平安归来，到那时，妹妹将抱着你未曾谋面的孩子在这里迎接你。

> 你走口外整一年，我泪蛋蛋漂起九只船。
>
> 窗子上照进月亮光，一个人睡觉好心慌。
>
> 一阵阵哭来一阵阵笑，到黑夜难活谁知道

这就是哥哥走后，妹妹在家里的生活，天天盼，月月盼。盼那太阳你不要早落山，因为到黑夜那妹妹想哥哥盼天明，又盼那太阳你快落山，挨过一天就离哥哥近一天。而那走口外的哥哥又是怎样的生存状态呢？

> 东三天西两天无处安身，饥一顿饱一顿饭食不均。
>
> 上后山拔麦子两手流脓，在沙梁锄糜子腰酸腿疼。

高塔梁放冬羊冷寒受冻，大青山背大炭压断背筋。

走后营拉骆驼自问充军，沙蒿梁碰土匪险乎送命。

　　这就是哥哥在口外的真实生活，妹妹，你知道有多少哥哥流落他乡，就这样过着寄人篱下的流浪生活。为了给口内的妻子孩子多挣些钱和粮食，他们忍受着困苦和疼痛，用廉价的劳动力赚取着微薄的报酬，一天天、一月月、一年年，有的甚至是多少年都不能回到家乡，而有的哥哥竟然就葬身在他乡，永远长眠在口外的土地上。

　　每到秋天，口外的哥哥们就要回来了，妹妹们就站在这渡口旁，有的领着孩子，有的抱着孩子，有的怀里抱着小的，手里牵着大的。看着哥哥们从对面的山上下来，然后是上船，开始是一只，然后就多了起来，一排排的船只从对岸划了过来，近了，近了，妹妹们急切地向河岸靠拢。有的妹妹鞋子踩进了水里也浑然不觉。近了，又近了，几乎能够看清船上哥哥的面孔了，有的妹妹开始喊哥哥的名字。哥哥们也开始朝这边张望，搜寻着河岸边那张熟悉的脸。终于上岸了，哥哥妹妹们顿时拥抱成一团，泪流满面，互诉苦衷。然后是妹妹上下打量着哥哥，左看看，右瞧瞧，妹妹说，你瘦得快成干柴火了，手不停地在哥哥的头上，脸上，衣服上摸着。哥哥像个孩子，低头默默不语，有的哥哥想上前抱抱自己的孩子，可那孩子竟然躲在妹妹的身后。有的妹妹当得知哥哥葬身他乡后，坐在黄河边上哭的是死去活来，有的实在是忍受不了这残酷的现实，思来想去，趁人不备，纵身跃入水流滚滚的黄河里。

　　人面不知何处去，黄河依旧东逝水。整个渡口，绝没有因为相逢而呈现出欢快愉悦的气氛，而是到处弥漫着悲悲戚戚，展现着一个个令人心酸而无奈的画面。

　　今夜，冰冻的黄河白茫茫一片，月光下闪着光芒，以沉默的姿态展现在一个异乡人的面前。令人不解的是，保德段的黄河是水流平缓，一览无余，而在相距百里的河曲，却是千里冰封，顿失滔滔。同一条河流在这百里长的河道里展现出了不同的姿态，但"河曲保德州，十年九不收，男人走口外，女人挖野菜"却是两地人民过去苦难生活的真实写照。

　　站在古渡口的夜色下，一个人沉浸在走西口的故事中。遗憾的是，未能在二人台发源地欣赏到正宗的二人台小唱，倒不是二人台在河曲的失踪，而是河曲的现代流行色把二人台从民间挤到了一个令人怀旧并接受"保护"的"贵族化"的舞台上了，蒙上了一层神秘的面纱。

　　红腾腾的樱桃甜又鲜，哥哥我虽好没有钱，哎哟，恐怕你跟上受可怜。

　　灯瓜瓜点灯半炕炕明，烧酒盅盅挖米不嫌哥哥穷，哎哟，不爱钱来单爱你人。

　　河曲的女子竟是如此的多情，如此的浪漫而又摄人心魂。"一船风拥入这般风采，三乡情溢出那段情曲"。民歌之海洋，二人台之故乡，中国民间艺术之乡，形成了河曲具有深厚底蕴的"西口文化"。

　　站在建于万历年间的护城楼上，环绕着河曲的黄河尽收眼底，像一条银色的飘带蜿蜒在脚下，对面就是那走西口的方向，也是古代敌军入侵的方向。当年的守城战士，就是在这里守护着第一道防线。现在的护城楼周围已居住了不少人家，当年充满战火硝烟的地方变成了炊烟袅袅的人间福地。楼顶的两个角楼挂上了节日喜庆的红灯笼，新春的对联贴满了每一扇门，楼门上的"镇虏"二字在岁月的风蚀下已变得模糊不清。

　　西口古渡，最使人产生联想的地方，最使人产生多情的地方，也最使人伤感怀旧的地方。在今夜川流不息的人群中，我只是个外乡人，行走在古渡五颜六色的灯光之下。就在我欲离开之时，一双细细的眼睛与我不期而遇，那是一个身穿红色外套长发披肩的姑娘，她深情地望着我，就像当年走西口的妹妹一样，专注、多情。

而我却转身向黄河岸边走去，站在当年哥哥出走的渡口旁，思绪万千。

一个人的江山

处于严冬和新春节日气氛下的黄河，呈现出的是另一种风韵。

夜幕正悄悄降临，山城两岸的灯火倒映在夜幕下的黄河里，黄河像一面明镜，映照着两岸的琼楼玉宇和山峦叠峰。大红灯笼一串串分外耀眼，闪烁的霓虹绚烂夺目，天上人间，相互辉映，这就是今日黄河外滩的迷人风景。

三百年前，这里还只是几户乡野人家，千里黄河水，滔滔向东流。寒波澹澹起，白鸟悠悠下。而钓鱼台前更是一派渔歌晚唱，白鸟齐飞，金鲤遨游的景象。和今日的繁华相比，那时的黄河野性十足，更接近自然之道。

钓鱼台孤独地矗立在黄河岸边的绝壁上，距离保德城十公里，修建它的是曾任明末五省总督的保德人陈奇瑜，那里曾是他一个人的江山。

一六三四年六月，陈奇瑜没有前几次那样幸运。

他曾冒死参与过弹劾奸党魏忠贤，那一次，参与弹劾魏忠贤的其他人，均被杀的杀，罢的罢，降的降。而他，时任明末一个不显眼的小官吏，却不但没有被牵连进去，而且还高升了，在他人看来，这绝对是个奇迹。陈奇瑜敢于直面世风之阴险，敢于揭露官场之黑暗，是条好汉，像个读书人，至少有着忧国忧民的思想。其实从相关资料中发现，陈奇瑜之所以敢于冒死弹劾皇上身边的亲信魏忠贤，是因为他和当时的皇太子有着较为密切的来往，也就是他上边有保护伞，这就是他为什么在后来的几年中连续升迁的重要原因。可是一六三四年六月，升任五省总督的陈奇瑜，被皇上委以重任的陈奇瑜，却在兴安州车厢峡被李自成、高迎祥、张献忠等农民起义军诈降骗脱。有人说，如果当年陈奇瑜在车厢峡对李自成等农民起义军坚持进行围剿，李自成，张献忠等主要领袖将有可能被俘获或毙命，七年之久的镇压农民起义的军事行动即将完成，明末农民起义的历史也将被改写。可是没有那么多如果，镇压农民起义，是当时摆在国家面前的最重要的大事，陈奇瑜却功亏一篑，辜负了皇上对他的信任，因此陈奇瑜再也无法推卸罪责了，于当年十一月被捕入狱。按当时军法和崇祯皇帝的脾气，陈奇瑜必死无疑，可是两年后，陈奇瑜只是被罢了官，于一六三六年六月被遣送回了山西保德州。

当年的五省总督陈奇瑜就这样被沦落为一介草民了，开始了他在故乡十二年的隐居生活。可我认为，即使陈奇瑜在车厢峡歼灭所有的起义军，明王朝也改变不了灭亡的命运，陈奇瑜也有可能为了保全气节会在对清军的战斗中以身赴难，那样倒是比因不剃发而被清政府杀死在家乡父老面前风光一些。总之，就明王朝来说，陈奇瑜是一位尽忠报国功不可没的英雄，他曾亲自率领军队围剿镇压农民起义军十多次，仅杀死农民领袖就有几百人，大大削弱了明末农民起义的气焰，可放在人类历史的长河之中，他又是一个毁誉参半的历史人物。

在这十二年中，农民起义风起云涌，战乱纷纭，灾难遍野，明清更迭，国将不国。再加上有许多州县官员严重缺额带来的社会失控，自然就很少有人去记录当时的社会历史了。十二年中，发生了许多令陈奇瑜刻骨铭心的事情。首先是被自己亲自放走的农民起义军领袖李自成陆续攻破了洛阳、南阳，杀死了与自己关系密切的福王和唐王；然后是被崇祯皇帝倚为栋梁，并且矢志忠于明王朝接任自己的五省总督洪承畴，带领十三万重兵在山海关外被清军打败后投降了，明王朝岌岌可危；然后是李自成在一六四四年一月在西安建立大顺，并于同年三月十九日顺利攻入北京，明朝最后一个皇帝崇祯皇帝自杀身亡，统治了中国二百七十六年的明王朝宣布结束；一个月后，四月二十二日，李自成的大顺军被清军与吴三桂的联军在山海关大败而归，五月二日清军进入紫禁城，轻而易举地夺得了政权。在一个夕阳西下的黄昏，站在黄河绝壁之上的陈奇瑜，回想起这一幕幕足可以让他伤心欲绝的场景，他是热泪盈眶，仰天长啸。向那滚滚的黄河水怒吼，苍天为什么要这样对待他，老天不公呀！滔滔的黄河水见证了这一切，然而，一切都是命运，一切都是天意，一切皆是"君不见黄河之水天上来，奔流到海不复回"的悲壮。

一六四五年，清顺治二年，陈奇瑜被罢官遣送回家乡的第九个年头，这一年陈奇瑜在黄河绝壁上，修建了钓鱼台，以彻底隐居避世。我想，此时的陈奇瑜肯定是有着复杂的思想情绪，或许是躲避一时，时机成熟后东山再起，达到反清复明的目的。因为当时有许多隐藏在民间的各种人士为了反清复明，都在和清政府进行着不屈的抗争，流了不少血，而清政府为了灭绝这种反清的势力，也进行了多次的绞杀。可也许他什么也没有想，自己的家乡已经成为清朝的地盘，受到清政府的管辖，为了不被清政府管制，他宁愿常年隐居，淡出红尘，苟活于人世，也许他彻底认命了。

在陈奇瑜的孙子陈大德的《钓鱼台记》中，曾这样记载：

钓鱼台者，余祖乙酉岁所购也。处保郡西，在古城村下。距城二十五里而遥。地临黄河，波流恬息，经风雨始作涛声，鱼多汇聚于此……乙酉夏避暑园中，时有自古城村来者以钓台对，遂欣然偕往。见其水石清幽，隔绝城市，轻鲦出水，白鸥矫翼，钓艇往来碧波间，景色殊胜，鸠茸之念，遂不容己。历三年始落成焉……余祖题曰："黄河以为池，勿用凿也，青山以为城，勿用筑也。"……余祖家务之暇，常留居数日，恨不能遂处于此，辛雁于网也。纯阳乩云："自此江山乱，纷纷世故来。任他风摆浪，稳坐钓鱼台"……

　　从这篇记中，我们可以看到，陈奇瑜至少在一六四五年的生活行踪。那就是，这一年，他看到有不少古城村民到此地钓鱼游玩，便也亲自前往观看，没想到，看到的是一处绝妙的地方，再加上甲申变后，清朝建立，陈奇瑜确实需要一个这样的地方，过与世隔绝的生活。当年的黄河确实是壮观，钓鱼台也确实是个好地方。修建钓鱼台，从顺治二年到顺治五年，大约用了三年的时间，陈奇瑜经常在闲暇之余来此居住，站在钓鱼台的某个地方观景、钓鱼、读书，把黄河比作鱼池，把青山看作城池，可谓是一个人的江山。任凭世间如何变化，我将独坐于此，看黄河波光粼粼，看太阳升起又落下。在陈大德的《钓鱼台记》中说，修建钓鱼台是为了躲避李自成等起义军，这里，我比较赞同修建钓鱼台是为了躲避清军这种说法，因为李自成在顺治二年，已被清军在湖北所杀害，根本就不用再躲避。《保德州志》上记载，当时的陈大德已是康熙时的举人，是四川的一个知县，为了避免闯祸，他绝不可能把先祖与清政府不和的事实记载下来。这样，陈奇瑜修建钓鱼台真正的原因就明白了。

　　二〇〇六年二月十一日，农历正月十四，当我们冒着严寒来到这里的时候，发现由于黄河水量大量减少和围河造地等原因，现在黄河的河道远离钓鱼台已足有近百米了。那种波涛汹涌的壮观早已不复存在，绝壁上还残留着几处开凿的石室，也早已失去了往日的风采。那种"悬楼、西阁、祖庙、壁画"的盛景只剩下几个孤独洞窟悬挂在寒风之中，站在开凿的石室之中，可以看到当年工匠开凿绝壁的痕迹一道一道，历经三百六十年还依然清晰可见。从现场勘测来看，这些石室的功能还相当齐全，有卧室、客厅、书房、厨房、储藏室、厕所，这些洞室之间都有秘密的通道，现在看到的都已经是各居一方了。这里有一个问题就是，这些石洞是怎么凿出来的，是从悬崖上吊着绳子开凿的，还是坐船在黄河里开凿的，资料上没有任何介绍。从地形上看，钓鱼台所处的地方刚好是黄河由西向南将要拐弯前的一处回旋之地，距离黄河的主流还有一段距离，应该是一个风平浪静的地方。正因如此，这里也就留住了大量的鱼，成了一个钓鱼的好地方。现在的钓鱼台下边，是干涸的河床，再前边是一条修在黄河干枯河道上的土路，把黄河与钓鱼台一分为二，钓鱼台也早已失去了它应有的功能，而"轻鲦出水，白鸥矫翼，钓艇往来碧波间"的人间仙境也只能在想象之中了。

　　一六四八年，由于陈奇瑜拒不接受清政府的剃发令而被处死。而这一命令在一六四四年五月就已经下达，由于遭到当地人民的强烈反抗，为了缓和矛盾，清政府于同年又下令废除此令。等到一六四五年，清政府消灭了几乎所有的反清势力后，又一次下达了剃发令，并采取了残酷的镇压。"嘉定三屠""扬州十日""血洗江阴"是因抗拒清政府的剃发令而发生的镇压百姓的血腥场面。而保德州地处偏僻，离京城较远，等到剃发令到达的时候，已是顺治五年了。可以这么说，是由于保德州地处偏僻，让陈奇瑜在世上多活了四年。与陈奇瑜这种坚贞不屈的性格相似的，还有一个人，那就是陈奇瑜的妹妹陈敬。陈敬就因为未婚夫行为不检点，而自己的家族正一天天兴旺，父母有了悔婚之意后，为心中神圣的爱情而自杀身亡了，当时的明朝政府还为她修建了祠堂。后来，祠堂由于受陈奇瑜的影响，在清初已被毁掉了，到了清康熙年间，陈奇瑜的另一个孙子陈大谟又在原址进行了重建，现在的保德县城的陈烈女祠和五省总督坊就是清朝时的遗迹。陈敬无疑是一个牺牲品，我想，她本应该好好地活着，去寻找她真正的所爱，这样才是对当时毒害妇女思想的有力抗争。可是她和哥哥陈奇瑜的命运都未能逃脱个人思想的禁锢。其实清政府杀死陈奇瑜的一个重要原因，是隐藏在民间的那种不灭的反清之火。曾是陈奇瑜当年的部下，后投降了李自成和清政府，最后成为清政府委任的定西侯唐通，在一介草民陈奇瑜的指使下，竟然杀死了与保德一河之隔，镇守府谷李自成的部下郝安才，这不能不说是留给清政府的一个危险信号。因此，陈奇瑜被杀是必然的，这是他个性的使然，如果没有明末的农民起义，也就不可能有他的五省总督，正因为有了他的五省总督，也就有了他悲壮的人生。钓鱼台是他人生最后的杰作，是他与清政府最后抗争的地方，可以这么说，这个风景如画建在峭壁上的钓鱼台，竟成了他人生的断头台。

遥望对岸的府谷县城，正被节日喜庆的灯火包围得严严实实。当年农民起义的发源地就在那里，一群衣衫褴褛饥寒交迫的农民揭竿而起，以燎原之势席卷了整个明末大地。而和它隔河相望的对岸保德州，陈奇瑜出生了，谁都无法预料，这个出生的保德孩子，后来竟和镇压农民起义有关，并因此升迁，也因此葬送前程。

今天的两个县城已经被黄河大桥连通，桥上车水马龙，川流不息，黄河见证了这一切。陈奇瑜被绞杀，历史的硝烟已经散去，当年叱咤风云的人物都已化为尘埃。但雕刻在黄河悬崖上的钓鱼台还在，那是陈奇瑜的江山，只是那江山有些颓废。

告别黄河

在飞逝而去的时间激流波涛表面
至今仍浮现着它那布满皱纹的容颜

《自由颂》——雪莱

　　站在岸边，极目远眺，眼前的黄河宛如一条舒展的绸缎随风飘摆，她柔软平滑的肌肤透射着迷人的风韵。黄河的歌谣听过许多，它们或悲壮，或激昂，或凄婉，或愤怒，都有一股震撼人心的力量，都有一段催人泪下的故事。

张老三，我问你，你的家乡在哪里？
我的家，在山西，过河还有三百里。
为什么，到这里，何必流浪受孤寂？
空袭时，我已醒，家破人亡无消息。
……

两个站在黄河边上的异乡人，两个同是天涯沦落的人，在一个特定的历史背景下，经受了同样的命运。我就想，为什么人们把黄河叫作母亲河，因为她不仅仅是人类文明的发祥地，而且总是在关键时刻收留了那些无家可归流浪的孩子。

今天的黄河带着她一个个悲壮的故事和一句句历代诗人的名句从我的脚下从容流过，安详、安静，仿佛一切从未发生。我要寻找的是那些隐藏在繁华背后的光。由于是隆冬季节，府谷旧城的文庙里，地上荒芜繁茂的杂草可以让人想象到整个院落夏日的葱茏。六百平方米的梨园中，是一个保存完整的古戏台，站在日落时分的戏院中，暮色正一点点加重，让人感到无比的落寞。当初梨园竞秀的场景仿佛就发生在昨天，而此刻已消失全无，空气里还隐隐感觉到那些随风飘散着的油彩气味和水袖舞动时留下的倩影，而满园的落寞与衰败却是让人真真切切地感受到了什么是时光之痛。走在暮色中那条从文庙通往山下的小路上，穿过那古老的城墙和门洞，踏上千佛洞的石阶，想到那句"似洞非洞适为仙洞，有门无门是为佛门"的对联，看着倒映在黄河之中灿烂的灯火，你会觉得这就是在梦中。

黄河天桥峡，古代水文地理学家郦道元在他的《水经注》中，曾这样描述："其岩层岫衍，涧曲崖深，巨石崇竦，壁立千仞，河流激荡，涛涌波襄，雷奔电泄，震天动地。"从中看出这段峡谷当初的险峻，不过在我到达这里的时候，那种当年水流湍急气势如虹震天动地，还有水雾排空遮天蔽日的场景和犬牙交错的礁石早已不复存在，一座水力发电站把这段峡谷的黄河拦腰截断，也把晋陕两省连了起来。同时把晋陕两省连接来的还有两根"西气东输"的石油管道，像两条巨大的蟒蛇直跨两岸的绝壁，飞跃了"天堑"。天桥水电站是黄河中游天桥峡出口的一座中型水电站，工程于二十世纪七十年代竣工，七年间有近万名晋陕人民参与

188

了建设。走在电站混凝土重力大坝上，可以看到整个大坝的上游是一个巨大的人工湖，湖面结着厚厚的冰层，只有在泄洪闸期间才能听到河水的轰鸣声。拦河大坝所形成的巨大的人工湖绵延近二十千米，回水端直至皇甫川口，在这个人工湖的底部，淹没了大量犬牙交错的礁石。天桥峡谷的长度也就是二十千米，郦道元所描述的天桥峡绝妙"盛景"的消失，是因为现在黄河水流的减少还是因为天桥峡水电站的建成，我不得而知。但可以感受到水电站的建成，确实是造福了两岸的人民，大大缓解了当地用电紧张局面。可是你不得不想到的是，三十多年前，这里建设水电站的场景，那肯定是盛况空前的，一万名两地的民工在这里川流不息而又秩序井然。在当时机械化还不发达的情况下，完全靠人力去建设，这绝不亚于在崇山峻岭之上修筑万里长城，一万名汗流浃背的民工们站在烈日炎炎的河流中，唱着黄河的歌谣，日夜奋战在，几个月甚或几年都不能和家人团聚，有的竟然就倒在了这里，再没起来，又是母亲河收留了他们。

整个电站由五部分组成，左岸混凝土重力坝、厂房、泄洪闸、右岸重力坝、土坝。其中坝顶高程最高八百四十六米，宽十四米，厂房内的四台水轮机在昼夜不停地旋转着。我想，在水电站建设的时候，近万名民工在这黄河之中紧张地工作着，在一九七六年那个令国人悲痛的年代里，他们是否也举行了一些仪式，每个人的胸脯上都戴着白色的花朵。一万朵白花，一万个民工，站在即将建成的水电站的某个位置，面朝东方或是面对黄河，进行着他们的默哀。第二年初春，电站竣工了。而我，一个后来的异乡人，此时正抚摸着大坝上的混凝土栏杆，触摸着昔日岁月的痕迹凭栏远眺，我知道一些东西冥冥之中是注定要相遇的，是不受空间和时间所限制的。在离天桥水电站不远的地方，有一个村子叫天桥村，天桥水电站的名字是因天桥村而得名呢，还是因天桥峡而得名，我为自己的问题感到无聊。但天桥峡这个名字的由来是这样的：因在严冬，峡中河水上层结冰，行人可以从冰桥往来于两岸，犹能听到桥下滔滔水流之声，人们便称这冰桥为天桥，天桥峡之名也就由此而来。可见，是先有天桥峡，然后有天桥村和天桥水电站，他们都是因了这天桥峡而得名。

在沿着黄河一路走来的村镇中，有两个村镇有着鲜明对比：一个是巡镇的热闹，一个是娘娘滩的孤寂。巡镇在我到来的时候，正赶上正月十五，古老的街道上，到处是民间表演团队。踩高跷、耍旱船是我看到的两种最具乡村特色的表演形式。只见那些踩着高跷的表演者脸上涂满油彩，在人群中居高临下，你绝对看不出他们面部的表情，只有娴熟的技艺向你展示着他们的肢体语言。在一个指挥者的指引下，做着各种各样的动作，有的甚至还趁人不备来点高难度动作，让观看者无不为之虚惊一场。还是那耍旱船看了最让人舒心了，你看那老艄公手里拿着桨，上前一个箭步，右手把桨一举，左手从胡子的下方迅速向上一抖，白胡子便迎风一摆，迎风一摆的还有他的头部，动作便定格了下来，这算是他在整个表演过程中最好的一个造型了。只见他，一会儿一个右弓步，一会儿一个左弓步，一会儿原地徘徊，一会儿疾步行驶，在几艘打扮的花花绿绿的木船之间不断地穿梭，不时引起人们兴奋的欢呼声。而在那些用各种颜色的彩绸装扮的木船里都会有一个年轻的姑娘把持着行船的方向，她们迈着细小的碎步，两手紧紧地抓着船沿，时而向前迂回，时而向两边摇摆，时而随着艄公向前迈几个快步，如行云流水一般。船下的彩绸随着她们步伐的变换而不断地飘摆，直让人眼花缭乱，目不暇接。也有的是前边两个姑娘拉着，后边两个姑娘推着，名曰二女拉碌碡，他们在熙熙攘攘的人群中走走停停，停停走走，伴随着远处喜庆的唢呐声和震耳的鞭炮声，构成了巡镇元宵节重要的欢庆元素。

而在那娘娘滩，看到的却是另一种景象。这个万里黄河上唯一有人居住的岛屿，此刻正被白茫茫的冰河包围着，车开到了紧靠黄河边的一条土路上。就在我们望冰兴叹之时，滩上一个有点驼背的身影开始向我们不知不觉地靠近着，他是这娘娘滩上的村民，要把我们引到滩上去，这正中我们的心思。大家便紧跟着这个腿有点瘸的老人踏上了结冰的黄河，绕过几处险地，我们便迈上了娘娘滩。滩上的树木一派萧条，三个年迈的老人坐在一个向阳的地方聊天，我们的到来，令他们多少有些意外，因为今天是正月十六，一般人不会到这里来。老人们显得很热情，像见到了久违的亲人，一阵寒暄之后，他们便指着一个方向，说到娘娘庙去看看。滩上寂静的很，田地里还残留着没有刨尽的玉米茬子，走在规划整齐的田垄上，可以看到母鸡们悠闲地觅着食物，还有几头骡子或是驴子静静地站在那里，根本没在意陌生人的到来。在这方圆三百亩的滩上你不会看到有随意走动的人，你可以想象这里的清净，静的甚至让人怀疑这里是否住着人家。我们见到唯一的女人，竟然是一个年过花甲的老太太。她家的院子贴满春联，几间房屋已是破败不堪，经询问，得知这位老人过年是在城里的儿子家，这次回来是收拾一下，准备搬进城里和儿子一起住。说这两年，滩上的人家几乎快要搬完了，年轻人更是在几年前就全离开了这里，再过几年，也许这滩上就真的不会有人居住了，除非是无儿无女的，决定在这里老死算了，谁还能耐得住这里的寂寞呢。说着，老太太便只顾干起自己的活来。

《关雎》里有：关关雎鸠，在河之洲。窈窕淑女，君子好逑。参差荇菜，左右流之。注解中说，河，指黄河，洲，水中的高地。我想，莫非这首产生于两千多年前的民间情歌，故事的发生地就在我脚下的娘娘滩，况且像《关雎》这样描写男女爱情的民间诗歌，是极易在河曲这样素有民歌之乡的地方诞生的。雎鸠，词典里说，也叫王雎，古书里说的一种鸟，是什么鸟，没有进一步说明，我的猜测是，这种鸟也许现已改用了其他名，或许已经灭绝。至于荇菜，一种多年生草本植物，根茎可食用，可作饲料、绿肥，也可药用。其实我们不必去想那淑女采摘荇菜的目的，重要的是在这娘娘滩的周围水域，到底有没有这种可供采摘的荇菜，如果有，这个故事极有可能就发生在这里。可是又一想，当时黄河的水流是非常之大，即使有，一个弱女子是不可能在水里去采摘这种荇菜的。不过，这些都只是猜想，至今没有人去做过诸如此类的调查，之所以仍要这样去写，只是想给这个动人的故事找个地点罢了。可这娘娘滩上确实是有着美丽动人的传说的，西汉文帝的母亲薄姬曾在此避难，不过传说归传说，滩上出土过北魏时的瓦片却是真的，说明这里远古时代就有人类居住。可自从一九八一年除夕夜三点的一场冰水淹没整个村庄后，这里的村民便一年年少了起来，村址迁到了对岸的赵家口。不过滩上每到春秋，杂树交荫，海棠、海红、桃杏等果木丛生，香飘数里，景色还是相当宜人的，还有每逢端午，滩上的大型庙会、祭祀圣母、参拜河神，场面也是非常热闹的。

距娘娘滩沿黄河向上约十数里，是太子滩，传说是汉文帝刘恒避难时曾在此居住。这两个滩都是在地形险峻、河水汹涌澎湃、河宽不足百米的龙口峡的下游。太子滩和娘娘滩是龙口峡吐出的两颗明珠。我觉得娘娘滩温柔、平和、细腻、性感，有点女性的味道，而太子滩却是高高地突出河床，裸露着强健的胸肌，很有阳刚之气，像男性。

黄河之水已没有当年的风采了，在沿途黄河两岸的绝壁上，到处可见人工开凿采矿后留下的石窟，一个紧挨一个，可谓千疮百孔。地质结构遭到了严重的破坏，而那工业废水，生活垃圾在沿途的城市和乡村之间不断地涌向河中。母亲河在多少年的战乱中依然能保持她的雄姿，没有受到战火的威胁和破坏，而在这和平年代却受到了严重的破坏和污染，成千上万的病菌不断地侵蚀着她的肌体。她的流量不但在减少，河内的鱼类也正受到残酷的"迫害"。如果再不对母亲河加以保护，几百年后的一天，或许黄河真会干涸，成为一道留在大地上永不磨灭的伤疤，那时候，会在后人的教科书里出现这样的话语：在这条宽阔的充满砂石的裸露的河床里曾经流淌着中华民族的母亲河，在这个人类文明的发祥地上，曾发生过许许多多动人的故事……

车过天峰坪镇掉头向东沿黄土坡一路走去，黄河便越来越远了。

到达偏头关时候，正值中午，街上行人不多，沿街的店铺都关着门，找不到一家开门的饭店，街上到处是冰雪化后的污水。站在偏头关南门之下，望着被风蚀后发灰的高大门楼和那残缺不全的城墙，令人发出几许感叹，这个曾经抵御外来侵略者的关口，当年，在黄河之滨曾起着非常重要的战略地位，有诗为证：

半壁孤城水一湾，万家烟火壮雄关。

黄河曲曲滔南下，紫塞隆隆障北环。

想当初，这里也曾是晋北与内蒙古互市的通商口，人们交易的场景是相当的繁华。可如今，这里的城市面貌却没有得到任何大的改善，街道显得相当陈旧，旧城内没有大的商场，更不要说宽大整洁的居民楼了。县城呈现出一种古朴的民风，人们仿佛还生活在一个远古的年代，没有一点点现代的气息。街上的小贩用一种异样的眼光看着我，就像二十年前邻居的大妈大婶和大叔们，他们的眼睛里有一种恳求，一种让人怜悯的关切。而那条曾经注入黄河之中的小河，现在只剩下了干涸的裸露的河床。

没想到，竟以这样一种令人伤感的情绪与黄河告别。

冬日午后，苍白的阳光照射着起伏的黄土高原，我疲惫的身子有了一丝睡意，车内很静，紧闭着双眼，只感觉黄河之水正朝我涌来……

而我却就要离开

一切的神往和不安

都因我的到达而终止

都为我的离去而无奈

我知道她终究不能停下

就像我们不能停下自己的呼吸

她只是神留给这个世界的一滴眼泪

我为她热泪盈眶而来

她却让我悲伤而归

这是不是宿命，我问

而她却从我的笔下

一笑而过

沙与湖

沙与湖本没有交集，沙是沙，湖是湖，它们各有各的道路，各有各的成因。

当风带走风化的石头，细小的砂砾经过一程又一程，一碎再碎，风便把它们遗落在荒野。没有目标，没有方向，完全依靠风的力量，载不动了就撒落，载得动就继续，沙子堆积成沙丘，沙丘移动连成片，沙漠就此形成。

当气温开始变化，空气开始流动，风诞生了。云在风吹拂下飘散或聚集，然后运化成雨，飘落人间，渗入地下或汇成河流，随同地下水一道向前奔波，水流越聚越大，越积越多，形成大江大河。

这些水流不断汹涌前行，它们或平静、或急湍、或欢快、或愤怒，因势而就，遇底则淹，遇高则绕。遇到一片洼地，一些流水停下前行的脚步，开始歇息，于是更多的水停下脚步，整个洼地立刻丰满起来，形成了一个体态丰盈的湖。

而那些沙本来就是干燥的，令人心生绝望的。一片一片，寸草不生，一座一座，光秃秃的没有生机。他们彼此拥挤，又彼此取暖，风不断地把它们从这一片吹到那一片，从这一座移到那一座，他们永远不知道明天的落脚地。

千载一遇，流水来了，它们充满柔情地躺在沙子的臂弯里。阳刚之气的沙粒迎来了阴柔之气的流水，它们本不同道也不同路，是机缘让它们在这里相遇。于是这里不再单纯地叫沙漠，流水也不再单纯地叫河流，人们都叫它沙湖。

阳刚和阴柔并蓄，从此沙丘得到水的滋润，它们不再干巴巴，不再热辣辣。干燥炎热的气流遇到那湖水便变得温顺，不再急躁，不再火爆。流水在沙丘的怀抱中，极尽温柔，长途奔波的疲惫一扫无遗，柔顺的个性开始显露，它们要在这温馨的港湾里休养生息，与沙漠同患难，共生死。有了沙丘的呵护，湖水开始慢慢变大，丰韵的身姿日渐迷人，蓝色的湖水映照着蓝天白云，映照着那巍巍贺兰山。

金生水，这符合五行相生的原理。大片的沙漠用广阔的胸怀把湖水揽入，相互浸入，慢慢适应。水生木，湖水里的芦苇开始生长，它们一年比一年繁茂，一年比一年健壮，深深地插入湖水之中，一丛丛、一簇簇、一堆堆、一片片，生在宽阔的湖水中。它们有幸成为沙湖的孩子，沙丘是父亲，宽阔无边，踏踏实实地坐在那里；湖水是母亲，温柔贤惠，坦坦荡荡地拥抱着它们。

"蒹葭苍苍，白露为霜。所谓伊人，在水一方。"诗里的芦苇还年轻，还没有长穗，但却赋予了它诗情画意。沙湖之芦苇，它们在日出日落之中，又有多少浪漫爱情故事从中被抒写。它们一年就要经历一生，从生发到长成，到谈情说爱，到白头偕老，到终成正果。它们浑身都是宝，一身献给人类，自己毫无保留。有诗云：浅水之中潮湿地，婀娜芦苇一丛丛，迎风摇曳多姿态，质朴无华野趣浓。这就是朴实的芦苇，它们生生不息，扎根在沙湖之中，成了别人眼中的风景，同时还繁衍了无数的鸟类。

朝霞映红天边，湖面上留下一道血红的印迹，远处的贺兰山淹没在苍茫之中，沙湖在沉睡中苏醒过来。鸟儿们倾巢而出，飞跃辽阔的湖水和丛丛芦苇，在湖面上留下黑色的影子。它们开始了一天的活动，寻亲访友，交配觅食，或三五成群躲在芦苇丛中谈天说地；或传授孩子们觅食和逃过天敌的本领；或与心上人约好在隐秘处卿卿我我。沙湖的鸟们给平静的沙湖带来了生机，让人感觉那辽阔静谧的沙湖之中的繁荣和热闹。就如高空俯瞰下的城市，看似安静的表面之下，是熙熙攘攘，你来我往。如果鸟们是飞在湖面上的精灵，那么湖面之下则是鱼们游玩的故乡，它们潜于水下，不与鸟争锋，只在芦苇之间穿梭。

湖有湖的特色，沙有沙的个性。湖是一个相对独立的世界，这里的花鸟鱼虫又各有它们的特性。沙是另一个世界，不像湖那样有显露之魅更有隐含的美，沙是胸襟坦荡的，不留隐私的，更像它豪爽的性格，不喜隐藏，所有一切一览无遗。沙丘之上的骆驼一队一队或卧或行，此时，沙漠之舟和湖底之鱼离得是如此之近，它们本应天各一方，永生难以相望，是沙湖让它们相邻在一起。

上百只骆驼卧在潮湿的沙滩上，上百张嘴不停地咀嚼，上百根木棍穿过它们的鼻孔。它们被编成队列，一队一队地排成行，然后一队一队地卧倒，游人一个一个地骑上去，然后向沙漠走去。隐忍、负重、任劳任怨，这些美好的词语最好就用在它们身上。驼队慢悠悠地从一个沙丘走向另一个沙丘，终点就是起点，起点也是终点，从日出走到日落，从春天走到秋季。它们是沙湖最辛苦的劳动者，没有鸟的自由和鱼的安逸，一把盐就是它们的动力。

而我们只是沙湖的游客，平静的湖面被疾驶而过的游轮划出一道长长的印痕。乌云越积越厚，向湖面压下来，远处的贺兰山被云层掩埋的严严实实，不露一丝痕迹。划过的印痕开始慢慢愈合，然后又恢复了原来的平静。游轮惊动了芦苇丛中窃窃私语的鸟儿，它们很不情愿地飞起来，叽叽喳喳的抱怨声响过头顶。当游轮远离，它们又飞回芦苇丛中，继续它们的约会。

雨终于下了起来，整个沙湖笼罩在一片烟雨之中。

天上的水和地上的水连成一片，那些芦苇在雨中更加摇曳多姿，它们扭动身子，为等待这样一场雨的到来而欢欣鼓舞。它们更像是一群群少女，在这个天然浴池中洗浴，天空是一个淋浴器，刷刷刷地清洗着她们婀娜多姿的身体。叶子更绿了，根茎更亮了，出淤泥而不染，濯清涟而不妖。刚才还热浪袭人气势汹汹的沙丘终于被雨水的气势压了下去，此时也有些疲沓，默默地立在那里，任凭雨水浇过头顶。和湖水的秀丽相比沙丘有些粗犷，就如西北的汉子一样朴实、憨厚，光秃秃的头被洗的发亮，那几丛野草就如胡须，零零星星，点缀在其中。

雨中的沙湖才恢复了它的宁静，湖面上不再有各种隆隆声，人类的所有水上活动都停止下来。沙丘上不再人山人海、嘈杂鼎沸，每一粒沙都素面朝天，接受雨水的洗礼。是一场雨把所有的游客都压缩回那个大厅里，厅外的雨水哗哗地拍打着湖面，厅内的人流前拥后推，热闹非凡。

选择靠近沙与湖边界的一处座椅坐下来，静待雨停，雨水流入大厅的边缘，漫到脚下，一滩一滩。这里既能看湖又能看沙，看湖时迷茫一片，看沙时一片迷茫。脚下的雨水终汇聚成河，流入湖里，那湖水仿佛在慢慢上涨，把整个大厅都浮在水上，晃晃悠悠地飘向前去。风把雨卷进来，洒落游人一身。

游人开始三五成群地坐在那一排排长椅上，而你却独坐在我的对面，我不知该望那湖水，还是望你，望你时你低头不语，望湖时你抬头略有所思。湖面上的芦苇在风的吹拂下沙沙作响，你的秀发被风扬起，高高地飘在脑后，如同那沙湖之上油亮的苇叶。风渐渐大起来，雨被吹进来，对面的人群开始往这边移动。我给你挪出一个位置，你坐下后却撑起一把伞，把两个人遮在伞下，以阻挡那风雨。

我们相视而笑，默不作声，静静地等雨。

且让我写下一首诗，为那湖，也为那沙；为陌生的你，也为多情的我：

如果没有那条河
沙和湖便不会相遇
如果没有这场雨
你就不会坐到我身旁

沙与湖相遇
它们可以在这里相守终身
我和你相遇
注定只是过客
雨停后你我各自离开

我和你只是来看沙和湖
你不是湖我也不是沙
我们只是路过
你向沙滩走去的同时
我却走向那湖

沙湖是静美和雄浑的合二为一，是苍茫和秀丽的合二为一，是坦荡和内秀的合二为一，是柔情和刚健的合二为一。既有鸟的灵巧、鱼的灵动、芦苇的灵秀、骆驼的隐忍；也有利万物而不争的水性、聚沙成塔的佛性。

天空放晴，阳光洒落一湖，散落一沙，沙湖无比的清新明亮。就如一副版画，清清亮亮地展现在眼前，高低错落有序，明暗清浅有度；也如一首抒情的诗，字字含情、句句温馨；更如烟雨江南梦幻仙境。

　　离别沙湖，你会不舍。心情难以一言说尽，就如和一位深陷爱恋之中的少女作短暂的告别。你不知道这一走是否会重逢，在某月某日离开，会在何年何月再相见。

　　离别沙湖，你会心牵。不管你回到哪里，走向何处，她就在那里，一直等你，成为你最美的回忆，最暖的记忆。